ラインハルトが召喚魔法で呼び出したのは、
なんと一振りの剣だった。
「利益と対価(ドロップアンドウィップ)!! パワーアップ!!」

ブロストン・アッシュオークの拳が『十二使徒』の一人を、軽々と吹き飛ばす。

「これ、毎分三千発打てるねん。
お気に入りや」

「どーん!!」

十歳になったアリスレートがそう言って指をかざすと、
天まで登る火柱が上がった。

新米オッサン冒険者、最強パーティに死ぬほど鍛えられて無敵になる。

13

岸馬きらく

口絵・本文イラスト　Ｔｅａ

新米オッサン冒険者、最強パーティに死ぬほど鍛えられて無敵になる。⑬

Orichalcum fist

前回までのあらすじ

失踪事件を主導していた『真祖』ウラドと『十二使徒』。

ブロストンとミゼットは、レストロア領全域にグールを放つことを阻止するために『十二使徒』の残りメンバー八人と対峙する。

一方ラインハルトはAランク騎士ハロルドと共に、グールの数が足りない不完全な状態で発動すればレストロア領周辺を吹き飛ばす大爆発を起こす特殊術式『コメットストライク』を阻止するためにウラドの元に向かった。

そしてウラドは、自らを産み出した親であるアリスレートを抱え、龍脈の集約点に向かうのだった。

『英雄ヤマトの伝説』より抜粋

その少年は怒っていた。

あまり感情を表情に出すタイプではなかったが、その内側には燃え盛るような怒りがあった。

不条理な世の中に。

正しき者や優しき者、何の罪も無い者が搾取され唐突に平穏を奪われるこの世界に。

だから止まることはない。

その意志に任せ、不条理と理不尽を切って切って切って切って切り裂いて。

不可能を次々と可能にするその姿はまさに英雄。

その手に持つのは眩いばかりの光を放つ『選択の聖剣』。

輝く背中は諸人を魅了し、本人の口数は少なくともいつの間にか彼の周りには大勢の人々がついてきていた。


その少女は愛に溢れていた。

愛とは相手の幸せを自分の幸せのように感じられること。

少女は少年に恋をしていた。

だが少年は旅の途中、別の少女と恋に落ちることになる。

それでも少女は微笑む。

恋を失った苦しみは確かに大きいけれど、彼女は愛に溢れている。

少年の側にいるのが自分ではなくても、少年が幸せになれるのならそれが一番だ。

彼女はそんな深い愛を、誰にでも平等に向けた。

そんな彼女の愛に人々は癒された。

彼女の愛に救われた者は、英雄がその輝く背中で魅了した者よりも多かったのではないかとすら思う。

もはや信仰の対象になっていった。

彼女自身が「私には過分です」と断らなければ、大陸の宗教観は全く違うものになっていただろう。


その少年は才に恵まれていた。

並ぶ者無き圧倒的な魔法の才。

しかし、その心は時代遅れの風習に囚われていた。

少年の心を縛る鎖を焼き払ったのは後に大英雄と呼ばれる男の姿であった。

自分のように魔法の才があるわけでもない。だがその男はあらゆる困難に躊躇なく突貫していき、常識など紙屑にすぎないと言わんばかりに打ち破っていった。

だから少年はこの英雄についていくことにした。

自分も自分の可能性を試していいのだと。

天から授かったこの才をどこまでも自由に使って生きていいのだと、心から思ったのだから。

第一話　アリスレート過去編　7

ラインハルト・ブロンズレオは、親友でもあり戦友でもある大英雄ヤマトとのやりとりで、印象に残っていることがあった。

いや実際のところ、明らかに頭のおかしいヤマトとのやりとりは常に印象的だったわけだが、その中でも特に印象的だったという話である。

それは二百年前。

伝説の五人とウラドのたった六人で、吸血鬼同士の戦争を続ける『純血使徒』の王国に乗り込んだ時だった。

「遠距離用に改良した『メモリーアーチ』のパスを通します。ウラドさん、魔力を弾かずに受け入れてください」

「ああ、頼む。しかし離れても思念通信ができるとは……便利だな」

「パスが通るまでは少し時間がかかるので、ちょっとお待ちくださいね」

後に『魔導聖典』と呼ばれる伝説の魔導士、ストライドがウラドに遠距離用の思念通信魔法のパスを通す。

「……しっかし、非公式とはいえ国に喧嘩を売ることになるとはなあ」

当時まだ十八歳だったラインハルトは、呆れたように肩をすくめた。

「だが、被害に遭ってる人々がいる。たとえ相手が一国だったとしても、目を背ける理由にはならない」

一切の迷いなくそう言い切ったのはヤマト。

黒い髪と、勇ましい表情、そして正義と情熱の滾る瞳で真っ直ぐに前を見ている。

「……なあ、ヤマト。お前はなんで諦めねえんだよ」

若きラインハルトは、そんなヤマトにそう問うた。

「これまで何度も自分より強いやつと出くわしてきたし、絶望的な状況も経験した。だけどお前ときたらあえてそういうところに突っ込んでいって、結局諦めないで足掻き続けて勝ってきちまう。何があったらそんなメンタルになるんだ？」

ラインハルトがそう言うと。

「……そうだな」

ヤマトはうーんと顎に手を当てて何か考えていたようだったが……。

「むしろ、なんで諦められるのかが俺には分からないかな」

そんなことを言ったのだ。

「叶えたい夢……許せない悪……そういうものが目の前にあった時、どうしてその場で立ち止まっていられるのか俺には分からない。勝手に体が動くじゃないか」

「動かねーよ。いちいちそんなことに突っ込み続けたら、命がいくつあっても足りねえだろうが」

「ははは……まあ、それはそうだな。『前』はそうだったし」

そう言ってヤマトは他人事のように笑った。

本人はそんな風に笑っているが、ラインハルトは笑えなかった。

やはり自分とは生まれ持ったメンタルが違いすぎる。

『選択の聖剣』を引き抜いて魔王討伐の主役として勇ましく戦う自分を思い描いていたラインハルトにとって、この精神性の違いは絶望的であった。

「……はあ、今更だけど。お前早死にしても知らねえからな」

「大丈夫さ。ラインハルトがサポートしてくれるんだから」

ヤマトはそう言ってまた笑ったのである。

「……アリスレート様」

『真祖』ウラド・ノスフェラトゥ。

豪奢(ごうしゃ)でありながら洗練された黒い鎧(よろい)を身にまとい腰に大ぶりの剣(けん)を下げた男である。

見た目の年齢(ねんれい)は四十代と言ったところだが、長身で手足が長く、でありながら弱弱しさは感じさせないしっかりとした体躯(たいく)。

舞台(ぶたい)俳優のように非常に整った顔立ちをしており、口元の髭(ひげ)もくたびれた感じというよりは、気品の高さや落ち着いた大人な雰囲気(ふんいき)を醸(かも)し出している。

ウラドがいるのはレストロア領の領主の屋敷(やしき)から五キロほど離れた場所にある、旧闘技(とうぎ)場跡地(じょうあとち)だった。

この闘技場は、二百年前『ヘラクトピア』の興行的な成功を見て真似(まね)をしようとした当時の領主が建てたものである。

しかし残念なことに大して客は集まらず、すぐにその歴史を閉じることになった。

理由は簡単で当のアレキサンダー・ヘラクトピアのようなカリスマ的ファイターが現れ

なかったからである。

人気のものを真似るのは大いに結構なのだが、ガワだけを真似て中身が伴わないといずれ客は離れていく……そんな至極真っ当なことが起きたわけである。

そんなわけで数百年の時を経て今ではすっかり趣ある廃墟と化した闘技場に、ウラドは一人佇んでいた。

いや正確には一人ではなくもう一人。

おそらく主催者の挨拶や勝利者のインタビューなどに使っていたであろう、高い位置に設置された小さな舞台の上に、赤い髪の少女が目を閉じて横たわっている。

今、ウラドが名前を呼んだ少女。アリスレートであった。

すやすやと、安らかに眠るその可愛らしい顔は天使のようである。

「……」

ウラドは少しの間、どこか優しげな柔らかい表情でその寝顔を見ていたが。

不意に腰に下げた大ぶりの剣を引き抜いて、少女に向けて容赦無く振り下ろした。

しかし。

バチイイイイイイイイイイイイイイイイイイイイ!!

アリスレートの体に剣が触れる直前に、電撃と衝撃波が剣に襲い掛かり弾かれてしまう。

「……やはり、これでは無理か」

ウラドは『超越者』第九位の正真正銘怪物の中の怪物である。

その一撃を最も容易く弾き返してしまう恐ろしい防御であった。

その時。

「……来たか」

ウラドは視線を闘技場の入り口の方に向けた。

現れたのは赤銅色の髪の若々しい、筋骨隆々の肉体をした老人。

ラインハルト・ブロンズレオ。

「二百年前はこんな状況で敵対することになるとは考えてもみなかったぞ、少年」

ウラドはそう言った。

「……俺もだよ。誇り高い吸血鬼の王」

ラインハルトはどこかやりきれない想いを込めてそう言った。

□□

「……どうしても分からねえことがある」

闘技場の観覧席からウラドを見上げながら、ラインハルトはそう呟いた。

「なんのことだ?」

ウラドが尋ねる。

「アンタの目的だよ。たくさんの人をグールにして犠牲にして、『コメットストライク』なんて代物まで持ち出して、しかもそれを龍脈集約点に流し込むなんて一歩間違えれば周辺丸ごと吹っ飛ぶ危険なことをやろうとしてる、そういうのは昔のアンタが一番嫌うところだったはずだ」

かつて、吸血鬼同士の抗争のために人間に危害を加えることに心を痛め、自分達と共に命懸けでその戦いを終わらせた張本人のやることとは思えなかった。

「そこまでして、アンタがやりたいことってのは何だ?」

「ああ……そのことか」

ウラドは特に隠すことでもないというように、すぐに答えた。

「ワタシの目的は我が母、『惑星真祖』の抹殺だ」

「!?」

これまた予想もしていなかった理由であった。

「『惑星真祖』……アリスレートを殺すことだと？」

ラインハルトは観覧席で横たわって眠っているアリスレートの方を見る。

すやすやと寝息を立てる可愛らしい少女。

あの子を殺すためにこんな大規模なことを……？

「この少女の体はこの星の血脈とリンクし膨大な魔力を実現している。それによりワタシの力を以てしてもこうして寝ていても傷つけることは不可能。だが、それが逆に弱点となる」

ウラドはもうしばらくすれば、彗星が光り輝くであろう夜空を指さす。

「別の惑星の魔力を特殊な魔力変換術式を通して龍脈集約点から流し込むことにより、彼女にこの星から流れ込む膨大な魔力に強烈なエラーを発生させる。その魔力の暴走によって自らの力で肉体を崩壊させることができるのだ」

（……なるほど、だから数十年に一度の機会を待って他の星の魔力を借りる必要があったのか）

ラインハルトは納得した。

体にタイプの合わない他人の血液を流し込むようなものである。

仮に人体であれば拒絶(きょぜつ)反応ですぐに絶命するだろう。

それと似たようなことを、この星の龍脈を通して『惑星真祖』であるアリスレートに行おうというのである。

「それによりワタシは解放されるのだ。我が母の呪縛(じゅばく)からな」

「母の呪縛……？」

「……話しすぎたようだな」

ウラドはそう言うと、アリスレートを置いて、観覧席から飛び降りる。

そして見事な魔力操作と身体操作で、ふわりと柔らかく地面に着地した。

「ちっ、サラッと技術が高いところ見せつけやがるぜ」

正直、まだ分からないことは多い。

ラインハルトはアリスレートの記憶(きおく)を覗(のぞ)いたが、そこで見たウラドとの関係は良好だったように思う。

それがなぜ母を殺すなどと言う話に？

とはいえ、敵が戦闘(せんとう)の準備に入っているのだから、ゆっくりと考えている時間はない。

こちらも足を肩幅(かたはば)に開き、動き出し易(やす)い構えを取る。

（……しかしやっぱりコイツどう見てもメチャクチャつええよなあ）

ラインハルトは高台から飛び降りた動作を見て、自分よりも相手の方が強いことを再認識した。

さすがは自分が二百年経(た)っても至れていない『超越者』の領域にいる生き物なだけはある。

(でもまあ……戦うしかねえわけだがな)

なにせ、レストロア領とその周辺の人間全ての命がかかってる。

ヤマトのやつほど正義感にイカれているわけではないが、さすがに目の前で見過ごせるほど割り切って生きてもいない。

(聞こえるか……ハロルド?)

(ああ、聞こえる。むしろこの魔法、こんなにクリアに聞き取れるものなのか?)

ラインハルトが使用したのは、昔の仲間が開発した近くにいる人間と思念通信する魔法である。

答えたのはハロルド・フレッチャー。年齢は五十代で眉間(みけん)にシワの寄ったいかにも頑固(がんこ)そうな面構(つらがま)えの一等騎士は、舞台の入り口の手前に姿を隠していた。

(……二手に分かれよう)

(どういうことだ?)

（術式が見当たらない）

ウラドがやろうとしている『コメットストライク』は、何十年かに一度この星に接近する別の星の魔力を使う大規模術式である。

しかし、ウラドとラインハルトが現在いる闘技場の舞台からはどこを見回しても、そんな大規模術式に使用する道具や魔法陣(まほうじん)が存在しなかった。

（おそらくこの闘技場のどこかにはあるはずだ、アンタはそれを探して破壊(はかい)してくれ）

（……了解(りょうかい)した）

ハロルドは頷(うなず)くと、反対の方に駆(か)け出して行った。

一方、ウラドはゆっくりと優雅(ゆうが)な動作で腰に下げた剣を引き抜いた。

「実力の差は分かりきっているはずだぞ、少年？」

その瞬間(しゅんかん)に迸(ほとばし)る凄(すさ)まじい殺気。

間違いなく格上の相手から放たれる、ビリビリと皮膚(ひふ)がヒリつくようなそれを感じながら。

「はっ、俺だってなんの対策もなく再戦しに来たわけじゃねえぞ」

ラインハルトは地面に手をつけると叫(さけ)ぶ。

「召喚(サモン)!!」

地面に現れる魔法陣。

呼び出されたのは生き物ではなかった。魔法陣からなにか棒状のものが生えてきたのである。

それがなんなのか、ウラドには分からなかったが。

「何を呼び出す気か知らないが、悠長に待ってやる義理はない」

ウラドの体が血の霧になって消失した。

吸血鬼の得意とする血霧の高速移動。

『真祖』ウラドのそれは、ハッキリ言って移動までのスムーズさも移動の速度も桁が違った。

ラインハルトが初動を完全に見失う。

そして、あっという間に後ろに回り込むと、大振りの剣を振りかぶるウラド。

正確にラインハルトの急所を狙った一撃が放たれる。

しかし。

「背後に回り込んでの首筋狙いは、アンタのお得意のパターンだよな」

ラインハルトはまるで後ろに目がついているかのように、見もせずに召喚した棒状のものを掴んで一気に引き抜いて、振り向きざまにウラドの一撃に対して「それ」で迎え撃つ。

ラインハルトが召喚魔法で呼び出したのは、なんと一振りの剣だった。

「『利益と対価』!!　パワーアップ!!」

同時に『固有スキル』を発動。

腕力を強化。

ガシイイイイイイイイイイイイ!!

と、見事にウラドの剣を召喚した剣で受け止めるラインハルト。

その剣を見たウラドが驚いて目を見開く。

「……その剣は⁉」

「おおおおお!!」

渾身の力でラインハルトが剣を振った。

……その瞬間。

カアッ!!

と、呼び出した剣が眩い光を放つ。

「ぐっ⁉」

驚いて一瞬だけグリップの緩んだウラドの剣を弾き飛ばし。

ズバァ!!

と、ウラドの体を深々と切り裂いたのである。

「はっ、奇襲成功。とりあえず一つ、命もらったぜ」

ラインハルトはそう言ってニヤリと笑ったのだった。

□□

「……ぐっ!!」

ウラドは切り口から夥しい量の血を流しながらよろめく。

「……久しぶりだぞ……命を削られたのは」

「それでも、あと二回殺さなくちゃいけねえってのが吸血鬼は厄介だな」

ラインハルトはそう言った。

吸血鬼は三つの命を持つと言われ、二十四時間の内に三度心臓を破壊されなければ再生してしまう。

ウラドの体から漏れた血液たちが、逆再生のようにウラドの体に集まっていきあっという間に完全に再生してしまう。

「本来お前の力ではワタシの命を一撃で奪うのは不可能……その剣『フツノミタマ』……

ヤマトの使っていた聖剣だな」

ウラドはラインハルトが手に持った剣を見てそう言った。

「ああ、魔族やアンデッド系モンスターに対して強烈な相性有利を持つ聖剣だ。ヤマトのやつが死んだとき譲り受けた」

『本当は俺が抜くはずだったんだ』ってずっと言ってたからあげるよ』などと言って、死に際に渡してきた時のことを思い出す。

「今、お前の剣を弾き飛ばして致命傷与えた時に光ったのは、この剣に残ってるヤマトのやつの魔力だ」

「なるほど……呆れるほどにしぶとい少年だったが、死してもなおしぶといとはな」

ウラドはヤマトのことを思い出しているのか、呆れたようにそんなことを言った。

「さすがに意表をつかれたぞ少年……だが、次はないぞ」

次の瞬間。

また、ウラドの姿が血の霧となって消えた。

「っ!!」

ラインハルトは咄嗟に後ろを振り向くが。

「今度は下だぞ少年」

いつの間にか懐に姿勢を低くして潜り込んでいたウラドの声が聞こえてくる。
なんとか腕をクロスさせて防御の姿勢を取るラインハルト。
そこにウラドの蹴りが炸裂した。
「ぐっ!!」
吹っ飛ばされるラインハルト。
ガードは間に合ったため大きなダメージにはならなかったが、内臓に重い衝撃が残る。
ウラドはその隙に悠々と、先ほど弾かれた剣を拾う。
「さあて、その剣は厄介だが……一撃もかすらせもせずに制圧するとしよう」
（……ちっ、やっぱり化け物か）
ラインハルトはヤマトの剣を構えながら呟く。
（だが……まあなんとかして残り二つ削りきらねえとな）
奇襲は成功したが、ここからが本当の戦いであった。

第二話　アリスレート過去編　8

一方その頃。

ジェームズが管轄する教会の一つでは、ウラドの僕たる『十二使徒』と『オリハルコンフィスト』のメンバーが戦っていた。

『オリハルコンフィスト』二人に対し、『十二使徒』は八人。

数の上では圧倒的に有利である。

しかもその八人も烏合の衆ではなく、全員がSランク級の強い体と魔力を有する『純血使徒』。

間違いなく怪物と言っていい強者である。

……しかし。

「むん!!」

「ぐあああ!!」

ブロストン・アッシュオークの拳が『十二使徒』の一人を、軽々と吹き飛ばす。

「はああああああああああああああああああ!!」

「おおおおおおおおおおおおおおおおお!!」

「たああああああああああああああああ!!」

三人の『十二使徒』がその隙にブロストンに攻撃（こうげき）を仕掛（しか）ける。

ブロストンはその三人の攻撃を防御もせずに受けた。

ドン!!

と、周囲に衝撃波がバラ撒（ま）かれ、教会の窓ガラスが根こそぎ砕（くだ）け、災害時の避難（ひなん）場所としても機能させるために頑丈（がんじょう）に作られているはずの壁（かべ）がミシミシと悲鳴を上げる。

攻撃の余波だけでこの威力（いりょく）。

さすがはSランク級の力といったところだったが。

「……力はあるが、練りが足りないな」

「!?」

驚愕（きょうがく）する『十二使徒』たち。

ブロストンはノーガードで攻撃を受けたにもかかわらず、その場から微塵（みじん）も動いていなかった。

　そして。

　腹を蹴ってきた一人の足を掴むと豪快（ごうかい）に振り回し、後の二人を吹き飛ばす。

「ぐああああああああああああ!!」


　そしてミゼットの方は。

「絡（から）め取れ、深緑の罠（わな）。第七界綴魔法（かいていまほう）『フォレストロープ』」

　ミゼットの使用した魔法によって地面から現れた蔓（つる）が、三名の『十二使徒』の動きを封（ふう）じる。

「くっ!!　外れない!!」

「バカな!!　第七とはいえ略式詠唱（えいしょう）だぞ!!」

「『純血使徒』の膂力（りょりょく）でもビクともしないのか!?」

　ミゼットはいつも通りニヤニヤと笑って麻袋（あさぶくろ）に手を入れながら言う。

「魔法は数字も大事やけど、それ以上に使い手の出力や洗練が大事やからねえ。まあ、さすがにワイも第一界綴で第八界綴をぶっ飛ばせるほど一つの魔法を洗練するなんてイカれたことする気はないけども」

ミゼットの麻袋から出てきたのは、見たこともない大きな金属製の車とそこに取り付けられた鉄の芯を束ねた銃のようなものだった。

明らかに袋のサイズを無視した代物である。


「これ、毎分三千発撃てるねん。お気に入りや」


次の瞬間。

ブ――――!!

と、もはや発砲音と言うよりは、大きな虫の羽ばたきに近いような音が響いた。

その尋常ではない発射速度はもはや発砲というより、弾丸の放水をしているような感覚である。

本来Sランクともなれば、至近距離で大砲が直撃しても大したダメージにならないほど頑丈なものが多いが、これではひとたまりも無い。

「「ぐあああああああ!!」」

悲鳴を上げて、次から次へと体が抉られていく。

「……バカな」

『十二使徒』たちのリーダー格らしき女の吸血鬼は、唖然とした表情で言う。

「こんなことがあっていいのか？　真っ当な手段ではないとはいえ、我々は全員Sランク級の肉体と魔力をもっているのだぞ⁉」

「だからこその階級分けだ」

ブロストンはそう言った。

「俺たち『超越者』がなぜ、わざわざ本来最上級であるSランクの中でも特別に括られているのか」

「まあ、そんくらい力の差があるからやねえ」

ミゼットもケラケラと笑いながらそう言った。

「格下が格上倒すゆうんは物語ではよく目にするけど……まあ、ぶっちゃけ滅多に起きないから映えるんよな。ナイスバディの姉ちゃん、いつでも降参受け付けとるからねー」

そう言ってミゼットはヘラヘラと笑いながら次の武器を取り出したのだった。

「……くっ」

リーダー格の女は歯噛みする。

すでに自分を含め八人全員が一度は殺されている状態である。

「そう言うなミゼット。意志の力は偉大だ。諦めずに勝機を探れば力の差を覆すことも稀にある。まだ三つのうちの一つ命が削られただけだからな。我らも油断せず迎え撃つとしよう」

ブロストンはそう言って拳を振りかぶるのだった。

□□

だからこその階級分け。

ブロストンが述べたその論は、同じ頃に戦っているラインハルトも思い知ることになっていた。

（……クソ!!　めちゃくちゃに速い!!）

ラインハルトはヤマトの剣『フツノミタマ』を構えて、全身数カ所から血を流していた。

「今度は後ろだぞ」

背後から聞こえてきた声に反応し、剣を振ろうとするがその前に蹴り飛ばされる。

「ぐっ!!　第四界級魔法『エアウォール』!!」

ラインハルトは本来空気の壁を作り出して防御に使うはずの魔法を、自分の飛んだ方向に使う。

そして蹴り飛ばされた反動を利用し、その壁を蹴って逆方向に加速。

吸血鬼にとって一撃必殺の威力を誇るヤマトの剣で斬り掛かる。

しかし。

「遅いな」

ウラドはやはり一瞬で体を血の霧に変える高速移動で目の前から消えてしまう。

今度現れたのは、突っ込んで行ったラインハルトの側面だった。

「元々の速度差もあるが、先ほど『固有スキル』で腕力を強化した時に、俊敏性が下がったな？」

もう一度放たれた蹴りがラインハルトの脇腹に直撃する。

ミシリ、と嫌な音が聞こえた。

「ぐっ‼」

今度は吹き飛ばされた中で姿勢を立て直す余裕もなく地面を転がるラインハルト。

ウラドは自らの人差し指を小さく切った。

そして血の流れるその指を振る。

「『ブラッドセイバー』」

確か前に対峙したベルモンドとか言う吸血鬼も使っていた技。

血液の斬撃を飛ばす技である。

（マズイ!!　このタイミングでは躱しきれない……）

だが。


『時間が経過しました』


脳内に無機質な音声が響き渡る。

（よし!!）

「解除!!」

ラインハルトはそう叫ぶと、先ほどよりも明らかに機敏な動きで地面を蹴ってその場を離れる。

次の瞬間。

ウラドの手から放たれた血液の刃が、凄まじい勢いで元いた場所を通過する。

斜め下方向に向けて放たれたそれは地面に命中すると、何十ｍにも渡って地面を横に深々と抉った。

「あ、あぶねえ……」

相変わらず凄まじい威力である。

まともにくらったら、そこそこ耐久力(たいきゅうりょく)には自信のあるラインハルトでもタダでは済まなかっただろう。

（くそっ!!　分かってたことだけど実力が一回り違(ちが)う。パワーもスピードも魔法(まほう)出力も!!）

「間一髪(かんいっぱつ)、『固有スキル』の解除可能時間が間に合ったか」

ウラドはそう言った。

「……自分の能力知られてる相手ってのは厄介だな」

ラインハルトは顔を顰(しか)めてそう言った。

自分の能力である『利益と対価(ドロップアンドウィップ)』は、どれかの能力を向上させる代わりに、上げた能力以外のその時自分の最も大切だと思っている能力がその分下がるものである。

そして、その持続時間は最低でも八分。

つまり、一度能力の上げ下げを行ったら八分間は戻(もど)せないということである。

これは知られているのと知られていないのとでは違いが大きい。

知られていなければ、相手からはいつでも能力を調整できる厄介な能力となるからである。

（……実際に、どのタイミングでも上げ下げが可能な能力だったらどんだけありがたかったか）

ラインハルトは自分に配られたカードの微妙さに、複雑な表情を浮かべることしかできない。

いや、そもそも『固有スキル』というカードを配られなかった人間と比べれば恵まれているのはそうなのだが、それにしてももうちょっと使いやすいものや派手なものはなかったのかと言いたくなる。

「なるほど……人間でありながら二百年生きている理由がわかったぞ」

ウラドは納得したように言った。

「こうして戦っていても、前に共に戦った時からほとんど成長を感じない。魔王との戦いは終わったとはいえ、向上心は低くない性格だったはずだからな。違和感があった」

「……」

「少年、お前何かしらの『対価』で『自らの成長』に大幅なブレーキがかかっているな？それが老化を極端に遅らせているのだろう？」

「……まあな」

ウラドの言ったことは正解である。

「ってもワザとやってるわけじゃなくて、『利益』を与えたやつがどっかの次元に行っちまって解除できない状態なだけなんだけどよ」

別にラインハルトとしては無駄に長生きをしたいとは思っていなかったりする。

それよりも、きっちり成長をしてヤマトたちや目の前のウラドのように『超越者』の領域に至りたいという思いの方が強い。

「だからまあ、なんとも使い勝手の悪い能力だよこいつは」

「なるほどな……だからこそ、この勝負は無謀だと言える」

ウラドはそう断言した。

「そうかよ!!」

ラインハルトは地面を蹴って、ウラドに斬りかかる。

(ほぼあらゆる能力が敵の方が一回り上……だけど、こっちには一撃で命を削ることのできるヤマトの剣がある)

なんとか当てることさえできれば勝機はあるのだ。

しかし。

「言ったはずだぞ、一撃も掠らせずに制圧すると」

ウラドがそう言った瞬間。

バサバサバサ!!

と空から黒い生き物が大量に飛んできて、ラインハルトの視界を遮った。

「うおっ!?」

それはコウモリであった。

さらに。

——オオオオオオオオオオオオオオオン!!

と、闘技場に狼の群れが走り込んで来る。

そして一目散にラインハルトに噛みついてきた。

「いってえ!!」

狼の瞳をよく見ると、ウラドや『純血使徒』たちのように少しだけ赤い色が浮かんでいる。

「動物の使役……『真祖』の能力の一つか!!」

ラインハルトは纏わりついてくる動物たちに。

「第四界級魔法『ハリケーンベール』!!」

自分の周囲に小規模ながら強力な嵐を発生させる魔法を使って吹き飛ばした。

「どいてろ!!　動物ども!!」

そして気を取り直して、再びウラドに斬りかかる。

「『真祖』の能力はそれだけではないぞ」

ズバッ!!

と、見事にヤマトの剣がラインハルトに命中する。

しかしウラドの体が血液となって地面にバシャリとぶちまけられた。

「!?」

「血を使った『完全なる分身』だ。幻覚魔法や中身がスカスカの分身魔法とは訳が違うぞ?」

いつの間にか側面に移動していたウラド。

「ちっ!!　第五界級魔法『ブリザードロックショット』!!」

ラインハルトが放ったのは、大きな氷の塊を放つ氷系統の界級魔法である。

それに対しウラドは。

「『クリムゾンウォール』」

自分の手から血を出して壁を作った。

驚くべきはそのサイズ。

明らかに自分の体の体積を十倍以上はある量の血液で作られているのだ。

少量ですら、大きな建造物を両断するほどのパワーを出せるのが吸血鬼の血液である。

当然、略式詠唱で放った魔法など容易く弾かれた。

「おいおい、お前の血液量どうなってんだ」

「『純血使徒』までと違い、『真祖』であるワタシは血液をいくらでも生成できる。もっとも……オリジナルの『惑星真祖』と比べれば生成速度も生成量の限界も微々たるものだがな」

ウラドはそんなことを言うが、十分すぎるくらいに強力である。

（特殊能力の多いやつだな……こちとらイマイチの『固有スキル』一個と、汎用魔法で頑張ってるってのによ）

内心毒づくラインハルト。

三つの命。

高速再生。

血霧の高速移動。

動物の使役。

高出力の血液操作。

血を使った完全な分身。

そして無限の血液生成。

挙げてみれば、これだけの数の固有の能力を有しているわけである。

文句の一つも言いたくなるというものだ。

「……めちゃくちゃ帰りてえ」

そう呟くラインハルト。

しかし。

「さて、お前を早く排除して装置を壊しに行ったお仲間にも、退場願うとするか」

「ち……バレてたか」

逃げらんねえじゃねえか……と呟くラインハルト。

（……準備している仕込みはあと二つ）

ヤマトのように作戦もクソもなく突っ込んでいくイカれた精神性は持ち合わせていないので、勝てる可能性のある準備はしてある。

ラインハルトは頭の中で自分の作戦を反芻する。

この二つで、この強敵の残る二つの命を削り取らねばならなかった。

そんなことを考えているとウラドが呟く。

「まあ……ワタシが行くまでもないかもしれないがな……」

「なに？」

□□

「魔力感知の水晶石を持ってきて正解だったな」

ハロルドは闘技場の観覧席に通じる廊下を走りながらそう言った。

手に持っているのは騎士団各部隊に配備されている、魔力感応型の水晶石である。

機能は実に単純で、魔力が濃いところにいくほど水晶の中に濃い紫色が浮かび上がる。

つまり歩いてみて色が濃くなった方向に、何かしら魔法陣なり強力なモンスターなり周囲の魔力が濃くなる原因があるわけである。

しかもありがたいことに今回持っている水晶石の感知可能魔力密度は、ちょうどラインハルトやウラドといった桁違いの強者の超高密度魔力には反応できない。

よって、それ以外の魔力発生源に反応してくれるのである。

「西の方角……確か、闘技者が準備運動をするためのサブグランドがあったはずだ」

ハロルドはもう五十歳だが息も切らさず、廊下を走り抜ける。

未だ若々しく筋肉質の体は日々の鍛錬の賜物である。

そして、廊下を抜けて建物の外にあるサブグランドに着くと……。

「あれか!!」

正方形のグランドの中央に、赤い魔法石で作られた祭壇のようなものが置かれていた。

中央に一際大きい魔法石、その周囲を囲むようにして円柱状に加工された赤い魔法石の柱が刺さっている。

「あれを破壊すれば……」

ハロルドがそう言って、剣を抜きながら歩み寄ろうとした時。


「そこまでだよ」


不意に上空から目の前に一人の男が落ちてきた。

そして男は落下すると同時に、こちらに向けて蹴りを放ってくる。

ハロルドはちょうど抜いていた剣で、その一撃を受け止めるが……。

「!?」

強烈な重さに吹っ飛ばされてしまう。

「ぐっ……」

壁に背中を打ち付けて、苦悶の声を上げるハロルド。

しかしゆっくりと起き上がっているわけにもいかない。

敵が現れたのだから。

ハロルドは痛みを気合いで押さえ込んで立ち上がる。

まだ前夜の戦闘で受けたダメージが抜け切っていないというのに難儀な話だ。

「……お前は」

そして、現れた敵の姿を見て目を見開く。

「ダメじゃあないかハロルド部隊長。これは領主である俺も協力しているプロジェクトなのだから邪魔をしては」

「ジェームズ……？」

そう。

ジェームズ・レストロア。

レストロア領の領主であるクロムの兄であり、領内の事務方部門のトップについている男である。

この男が裏切り者であり、兄を刺して龍脈集約点の場所を教えたのは聞いていた。

だからハロルドが驚いたのは別のところ。

「俺を軽々と吹き飛ばせるほどの筋力だと……？」

ジェームズは頭脳は優秀だが体は生まれつき弱いことで有名だった。

実際兄とは違い美形ではあるが、どこかげっそりとした不健康そうな顔と細身の体はそのままである。

「……お前まさか」

「その通りだ」

ニヤリと笑うジェームズの口元には、吸血のための鋭い犬歯が。

「そうか……ウラドに協力した対価はそれか」

「あるべき姿に戻しただけさ……何かの間違いで俺の手からこぼれ落ちて低能な弟の手に渡っていたこのレストロア領が、俺の手に戻るのだ」

熱っぽくそんなことを語るジェームズ。

「分かっているのか？　仮に『コメットストライク』が成功して爆発しなかったとしても、レストロア領の領民たちはグールとして生贄になってしまうんだぞ。そんな状態で領主の立場など得てどうする」

「知ったことではないね」

ジェームズは即答で断言した。

「大半が死ぬだろうが、全員死ぬわけではない。国民の数なんて減ってもそのうち勝手に増えていくさ」

「性根の腐った男め……」

「貴様こそ分かっているのかい？　俺は今Sランク級の力を手にしているんだよ？」

ジェームズはそう言って自らの手を広げる。

すると両手の爪が伸びて鋭い槍の先のような形状になった。

「『純血使徒』の力……試運転と行こうか？」

第三話　アリスレート過去編　9

ラインハルトはウラドの攻撃を防ぎながら、改めて戦況を分析する。

「ふん!!」

「おらっ!!」

ガシイイイイイイイイイイイイッ!!

と両者の剣がぶつかる。

結果は。

「ちっ」

僅かにラインハルトが押し込まれる形。

(だが腕力は大きな差じゃねえ。むしろヤマトの剣と剣の魔力を考慮すれば一撃で与えられるダメージはこっちの方がデカいまである)

「第四界綴魔法『ハリケーンカッター』!!」

ラインハルトは空気の刃を飛ばす風系統基礎魔法を放った。

その一撃をウラドは躱すそぶりも見せず正面から受ける。

さすがにラインハルトレベルの界級魔法をノーガードで受けただけあり、体の数カ所に僅かながら亀裂が入った。

しかし。

流れた血があっという間に逆再生して傷を塞いでしまう。

（超速再生……命のストックがラスト一つになるまでは、致命傷以外はあっという間に治りやがるんだよな）

先ほどヤマトの剣のおかげで一撃で与えられるダメージはこちらの方が大きいと考えたが、むしろヤマトの剣で一撃で致命傷を与える以外に倒せないと言った方が正しいかもしれない。

ラインハルトは打たれ強さには多少の自信があるが、耐久力と言う面では命が二つあり再生能力を持つウラドの方が上だろう。

ウラドはお返しだと言わんばかりに、こちらにその手を向けると。

「第四界級魔法『ハリケーンカッター』!!」

同じ魔法を打ち返してきた。

「『瞬脚』!!」

高速移動でなんとか躱すラインハルト。

元いた場所を通り抜けていく風の刃の数と威力、そして発射速度は先ほどラインハルトが撃(う)ったものを確実に上回っている。

(……魔法も敵の方が上か、つか俺が上回ってるポイントマジでねえな)

ウラドは今度は自分の剣を地面に突き立てる。

そして剣に自分の両手を這(は)わせ、皮膚(ひふ)を切って血を流す。

両腕(りょううで)を広げると流れる血が動物の形を作っていく。

完成したのは、二匹(ひき)の体長3mほどの鋭い牙(きば)と分厚い体を持つ血の狼だった。

「『血　狼(ヴィランディカリム)』」

血の狼たちが力強く地面を蹴って疾駆(しっく)する。

本物の狼の如き野生的で無駄のない動きでラインハルトに向かって飛びかかった。

「上級神性魔法『プロテクトフォース』!!」

ラインハルトは上級神性魔法によって血の狼たちを迎(むか)え撃つ。

さらっと上級神性魔法の無詠唱発動という超高等(ちょうこうとう)技術を使うあたり、ウラドには劣(おと)るもやはりSランク最上位と言えるだろう。

しかし。

血の狼はその牙で魔力の壁を引きちぎった。

「なっ⁉　魔法を食い破っただと‼」

全く想定していなかった事態に驚愕するラインハルト。

血の狼の一匹がラインハルトを押し倒し、その顔面を噛み潰そうとしてくる。

ラインハルトは自分の手を噛ませることで、なんとか頭に食いつかれることは免れた。

「ぐおっ‼　いってえ‼」

しかし、血の狼の噛む力がかなり強い。

放っておくと手を食いちぎられそうである。

「くそ‼　強化魔法『剛足』‼」

ラインハルトは自分のことを噛んでいる血の狼の腹を思いっきり蹴り上げる。

強化魔法も使用しての蹴りである。

噛みついていた口が腕から離れ、３ｍの巨体が宙を舞う。

しかしその間にもう一匹が、加速をつけて突進してきた。

「ぐっ‼」

直撃。

見かけ通りかなりの質量を持った血の狼の突進の圧は凄まじく、吹っ飛ばされて地面を転がるラインハルト。

「血の生成と操作……こんな強力な使い魔を生み出せるのかよ」

ラインハルトはなんとか受け身をとってすぐに立ちあがろうとするが。

ガクン!!

と膝に力が入らずに倒れそうになる。

(……!? そうか吸血鬼の血液毒)

先ほど血の狼に噛まれた時に大量に注入されたのだろう。

基本的に高い魔力や魔力操作能力を持つ者は、毒を魔力で打ち消してしまえるので毒は効かない。

しかし。

(くっ……なんてつええ毒だ。中和にかなり魔力を持っていかれるぞ……)

ただの素人をSランク級の肉体と魔力を持つ『純血使徒』に変えるほどの力を持つ『真祖』の血液だ。そのポテンシャルを毒として使い大量に注入すれば、ラインハルトレベルの強者でも毒の無効化に相当な魔力を消費する。

こんなものあと数回も貰えば間違いなく魔力欠乏状態になるなとラインハルトは判断する。

「はあ……はあ……」

戦いが始まってまだそれほど時間が経っているわけではないが、すでに息が上がっているラインハルト。

そんなラインハルトを、ウラドは左右に血の狼を従えながら見下ろして言う。

「よく死線に抗っている。さすがはSランク最上位だな少年、昔から状況判断能力も高かった……まあそれでも時間の問題だとは思うがな」

「……もうちょっと、もう少しだけ粘れば……」

ラインハルトは血液毒を魔力で無効化しながらそんなことを呟く。

パワー、スピード、耐久力、魔力出力、魔力操作能力、身体操作技術、その他特殊能力……現状ほとんど全ての項目において『超越者』であるウラドの方が上回っているのは間違いない。

というかウラドが基本的に、自分と同じオールラウンダータイプなのである。

同じタイプで実力が上なのだから、基本的に全ての能力が上位互換になるのは当然だろう。

しかしその戦力の差は大きいようで、実は絶望的なほどではない。

どの能力値も、せいぜい一回り相手の方が上といった感じである。

例えばブロストンとラインハルトがパワーの比較をすれば圧倒的にこちらが劣るわけだが、そういうことはないのである。

こちらが強力な一撃の殺傷能力を誇るヤマトの剣を使っていることを加味すれば……あと一つ。

あと一つ、大きく有利な要素を持つことができれば、防戦一方の状態から抜け出すことができる可能性がある。

「……やはり無謀な戦いだぞ、少年」

ウラドはこちらを見ながらそう言った。

「お前の実力は『対価』によってSランク最上位から成長することは無い。つまりはワタシより確実に劣る。まあ極々稀にヤマトのような『気合い』や『根性』や『意地』で力の差をなんとでもしてしまう異常者もいるが、あんなものは例外中の例外だろう」

「……そうだな。ああいうのを参考にするのはよくねえ」

ラインハルトもそこには大いに同意するところである。

「かつて協力してくれたよしみだ。諦めてこの件から手を引けばわざわざ殺す理由もない」

ウラドはそう言って一度剣を下ろした。

なんともありがたい申し出である。

ぶっちゃけると、ハロルドやレストロア領の領民たちには申し訳ないが、我が身可愛さに降参してこの場から逃げたい思いがだいぶ高くなっている。

ああ自分はメンタルが弱いし、小物だなと心底思う。

ヤマトのやつなら正義感と使命感に燃え上がり、「自分だけ逃げて助かろうかな？」なんてことを一切考えないだろう。

（結局変わってねえなあ……ガキの頃から）

ラインハルトははるか昔、まだヤマトと出会う前の自分のことを思い出す。


当時は魔王軍との戦いが長く続いていた。

村の祭壇には手にしたものに勇者の力と死の運命をもたらすと言われる『選択の聖剣』。

下級貴族である領主の息子であったラインハルトは「俺がいつかその剣を引き抜いて魔王を倒す英雄になるんだ」と吹聴していた。

幼いラインハルトは自分はいち下級貴族の跡取りなんかで終わる器ではないと思っていたのだ。

しかし本当にそう思っているなら、宣言などせずに今すぐにでも引き抜けばいい話である。

本当は怖かったのだ。

勇者の力と共にもたらされる『死の運命』が。

そうこうしているうちに、どこかから現れたヤマトに先に剣を引き抜かれてしまった。

ヤマトのやつは村が魔王軍の操るモンスターに襲われたと分かると……微塵も躊躇はしなかった。

あの時に本当は分かっていたのだ。

心底認めたくなかったが。

（ああ……俺は英雄のメンタルしてないな……）

と。


「でもよ……」

ラインハルトはそんな苦い過去を思い出しながら言う。

「ヤマトのやつじゃなくても……俺だって、一回くらいは格上に勝ってみてもいいんじゃねえかと思うんだよな」

そして目の前に立ちはだかる、格上の吸血鬼に対し『選択の聖剣』の切先を向けた。

「そう思わねえか？」

「……」

ウラドはしばし黙(だま)ってこちらを見ていたが……。

「ふむ。あの頃からヤマトのような生き方に憧(あこが)れを持っていたようだったが」

ウラドは昔を懐(なつ)かしむかのように一瞬(いっしゅん)表情を緩(ゆる)める。

そういえばウラドはヤマトのやつを気に入ってたなと思い出す。

しかし、すぐに表情を戻して言う。

「その憧れは身を滅(ほろ)ぼすぞ?」

ウラドは手をこちらに向ける。

「行け」

その言葉に反応して、二匹の血の狼がこちらに向かって襲いかかってくる。

「……っ!! 『瞬脚・厘(りん)』!!」

ラインハルトは一段階上の高速移動魔法で、血の狼たちを躱す。

普通(ふつう)の『瞬脚』よりは、体の負担や魔力消費量の多い強化魔法なので乱発は危険だが、それ以上に血の狼に噛まれることで血液毒を注入される場合の消耗(しょうもう)の方が大きい。

しかし、敵は当然使い魔たちだけではない。

「『血霧(ブラッドフォッグ)』」

ウラドは体を血霧と化して一瞬でラインハルトとの距離を詰めた。

その移動速度はラインハルトの『瞬脚・厘』を一段以上上回る。

（くっ、やっぱり移動速度だけはかなり相手の方が上だな!!）

ウラドは自分の剣に指を這わせる。

それによりウラドの血を吸収した剣が禍々しく紅色の光を放つ。

この前も喰らって一撃で戦闘不能にされた、ウラド・ノスフェラトゥの必殺技。

「おお!!」

ラインハルトはヤマトの剣で自分の身を守る。

「葬送せよ『ブラッディクロス』」

もはや同時に放たれたのではないかと錯覚するほどの縦横の斬撃が炸裂した。

『超越者』であるウラドの、必殺の一撃だったがヤマトの剣は折れることもなく見事その一撃を受け止める。

しかし、剣を持っているラインハルトの方は話が違った。

「ぐおっ!!」

まるで暴風の前の紙切れのように、凄まじい勢いで吹き飛ばされる。

ほとんど地面と平行に数十ｍ吹っ飛んで、闘技場の壁に激突。

バコン!!　と巨大(きょだい)なクレーターを作った。

「がはっ!!」

吐血(とけつ)するラインハルト。

(……だが、ヤマトの剣があってよかった。こいつで防がなかったらまた一発で倒(たお)されてたところだぜ)

しかし、安心している暇(ひま)はない。

ラインハルトに向かって血の狼たちが、再度襲(おそ)ってくる。

「しつけえな!!　犬ども!!」

ラインハルトは一匹目の突進を転がって躱(かわ)す。

そして自分の首筋に向かって飛びかかってきた二匹目に、ヤマトの剣を叩(たた)きつけた。

流石(さすが)の切れ味と、ラインハルトの技術によって真っ二つになる血の狼。

だが……バジャリとその体が血に戻ったと思ったら、あっという間に狼の形に戻り再度襲いかかってくる。

「!?」

「ワタシの血液操作によって形を作り動かしているのだ。当然のことだろう?」

ウラドはそう言った。

不意をつかれたラインハルトは、二匹の突進を喰らってまた地面を転がる。

（……ぐっ!!　何から何までやっかいなやつだな）

血の狼たちにスタミナ切れは存在しないのか、すぐに追撃してくる。

「……まだか」

ラインハルトはなんとか血の狼たちを躱しながら呟く。

（……まだ、発動しねえのか）

その時。


——よく粘っているが、もうすぐ終わりだな少年。


ラインハルトの脳内に『ウラドの声で』そんな言葉が流れ込んできた。

「……っ、よし!!　ようやく繋がった!!」

これを待っていたのだ。

二つ目の奥の手。

「『利益と対価』、スピードアップ!!」

ラインハルトは『固有スキル』を発動。

上昇させたのは基礎ステータスで最もウラドに上回れている移動能力。逆に下がったのはパワーであった。

『固有スキル』で下がるステータスというのはこれからラインハルトがしようとしていることを表しているとも言える。例えば逃げようと思いスピードをあげたら、スタミナが下がったりするわけである。

つまり……パワーが下がるということは逆に言えば、これから反撃にうって出るということである。

「ふっ!!」

ラインハルトは地面を蹴った。

強化魔法を使っていないのに、さきほどの『瞬脚』と同等かそれ以上の速度で移動するラインハルト。

先ほどまで苦戦していた血の狼たちの横を軽々と走り抜けると、ウラドに斬りかかる。

ウラドはラインハルトの打ち込みを剣で受け止めようとしたが……。

まるで防御をすり抜けるかのように、ラインハルトの剣は途中で軌道を変えて、ウラドの体を切り裂いた。

「なっ!!」

胴体を大きく袈裟に切り裂かれ驚愕するウラド。

「ちっ、パワーが落ちているから心臓まで届かなかったか……」

舌打ちするラインハルト。

「なんだ今のは……」

ウラドは再生能力で体を再生させながら、ラインハルトに何が起きたのかを探る。

ヤマトの剣で受けた傷は、どうやら普通の傷よりも回復が遅いようだった。

そして、その傷が完全に治る前にウラドはそれを発見する。

自分とラインハルトとの間に、魔力のパスが通っていたのである。

「これは……『メモリーアーチ』か!?」

「その応用魔術だけどな……ストライドのやつの。二百年前に連携に使った回路が残っててよかったぜ」

二百年前の『吸血鬼の谷』の創成期の戦いでは、三体同時に倒さなければ殺せない特殊な能力を持ってしまった『純血使徒』との戦い。

その時にヤマトのパーティ一行と、ウラドは『メモリーアーチ』を応用したノータイムの思念通信のパスを通したのである。

二百年経ってもまだ残っていてよかった。

「こいつは一回繋がったら相手に考えが漏れっぱなしになるからな。ちなみに、今からアンタが俺に対して繋ぐのは拒否させてもらうぜ」

そうこの回路。繋がる前に相手に拒否されたら絶対に通せないのである。

だから気づかれないようにこっそりと戦いの間に繋げていたのだ。

さすがに二百年前に繋げたパスなので、想像以上に時間がかかったが……。

「一度通ってしまえば、お前の考えが一方的に分かるってわけだな」

「っ!!」

ウラドがそう言って次の行動を取ろうとするが。

「血の霧か」

ラインハルトはウラドが動く前に、右側方に向かってヤマトの剣を振った。

まるでそこに導かれるかのように高速移動術で現れるウラド。

飛んで火にいる夏の虫とはまさにこのことだと言わんばかりに、ウラドの剣を持つ腕に
ヤマトの剣が直撃して切り飛ばされる。

「ぐっ!!」

宙を舞うウラドの剣と右腕。

「ヤマトの剣に、ストライドの魔法……だいぶ補助輪付きだが、これでようやくお前とま

ともにやりあえるぜ『超越者』!!」

□□

一方その頃。

「ははははははははは!!」

ジェームズの大きな笑い声が闘技場のサブグランドに響いていた。

「ぐっ!!」

ジェームズの拳を剣で受け止めて、軽々と飛ばされるハロルド。

(……力の入れ方から体捌きから全て、ど素人以下だというのにこの重さ……なんという馬鹿力だ!!)

「『瞬脚』!!」

ハロルドは強化魔法によって加速、ジェームズの後方に回り込もうとする。

しかし。

「そんなものなのかい?」

ジェームズは一瞬にしてハロルドの加速に追いついた。

もちろん、強化魔法を使ったわけでも武道的な足運びをしたわけでもない。ただSランク級の肉体にSランク級の魔力で雑に身体強化を行っただけである。

「そら!!」

繰り出されるのは不恰好な蹴り。

蹴りの速度自体は恐ろしく速い。

本来なら躱すことはできなかっただろうが、幸いなことに素人丸出しで初動が丸わかりだったのでギリギリ躱す。

ハロルドに躱された蹴りは背後の壁に直撃。

バコン!!

と、直径3mほどのクレーターを作り出す。

(……まともに食らったら危なかったぞ)

ハロルドは受け身を取りながら地面をうまく転がり距離を取る。

「あはははははははははははははははははははははははははは!!」

ジェームズはさらに大きく高笑いする。

「素晴らしいなあこの肉体は。自由自在に動く強靭な体に俺の優秀な頭脳が宿っているなんて……もはやこれは完璧な生命体だな」

ジェームズはハロルドの方を見て言う。

「そうは思わないかい下等生物？」

「……『純血使徒』の力を得て分かりやすく調子に乗ってるな」

ハロルドは起き上がって剣を構える。

「まだやる気なのかい？」

肩をすくめるジェームズ。

「じゃあ、お望み通りなぶり殺してあげるよ」

地面を抉るほどの豪快な踏み込みで一瞬にして加速。

10m以上の距離をたった一歩で詰めると、凶器と化した両手の爪でハロルドを切り付ける。

当然これも動きは素人なのだが、身体能力に任せた強引な連続攻撃でハロルドに反撃の剣を振るう隙を与えない。

当然防ぎ切ることもできず、何度も体を切り刻まれる。

このまま続ければ、数分後にはひき肉の塊にでもなっていることだろう。

「はははははははは!! 雑魚雑魚雑魚雑魚ぉ!!」

ジェームズは愉悦の笑みを浮かべながら攻撃を繰り出し続ける。

こんなに動いているのに全く息切れしない……素晴らしい。

「しかし低能だな君は!!」

ジェームズは言う。

「Sランク級の力を手に入れた俺と、Aランク級の力しか持たない一等騎士。いくら戦闘技術を鍛えてもアリは象に勝てないんだよ!!　子供でも分かる理屈だ!!」

そう。

ハロルドには長年磨いてきた騎士としての高い戦闘技術がある。

それはど素人のジェームズと比べたら比較にすらならないものであろう。

だがそれでも単純な戦闘能力は、間違いなくジェームズの方が圧倒的に上であった。

それほどまでにAランクとSランクの間には大きな壁がある。

ハロルドがAランクでも上位レベル、そして今日なったばかりのジェームズがSランクの中でも最弱レベルだったとしてもである。

つまりこれは無謀な戦いなのだ。

「ははは、いい気分だな!!　長年の努力を一瞬で得た力で上回るのは楽しくてしょうがない!!　ははは!!　そうだ!!　土下座をして俺の靴を舐めてみろよ?　そうすれば苦しまないように一瞬で殺してやるぞ?」

しかし。

「……黙れこのバカモンが」

ゴツン!!

と凄まじい衝撃がジェームズの顔面に襲いかかってきた。

「ごは!?」

ハロルドの隙をついた頭突きが炸裂したのである。

「お、おお……」

鼻から血を流しながら蹲るジェームズ。

「俺が一等騎士で、貴様がSランクだのなんだのと……どうでもいい理屈を並べおって」

そんなジェームズにハロルドは偉そうに堂々と仁王立ちして見下ろしながら言った。

「いや……どうでも良くはないだろ……」

「否!! 重要なのは俺が治安を守る騎士団員であり、貴様が大量殺人に加担している悪人であるということだ……よって俺は騎士として職務を全うするのみ!!」

ハロルドは剣を握り直すと。

「強化魔法『斬鉄剣』」

自らの剣に刃物の切れ味を増幅させる魔法をかけた。

地面を蹴って駆け出す。

一方、ジェームズはと言うと。

「ま、待て……ガホッ!!」

先ほどの頭突きのダメージからまだ立ち直れず、ハロルドの蹴りをモロに喰らった。

「げほごは……おえ……」

蹲るジェームズに対して剣を振りかぶるハロルド。

「ふん!!」

一気に振り下ろす。

「ひっ!!」

ジェームズはギリギリのところでハロルドの剣を両手の爪で止めた。

しかし。

ハロルドは武術を学んだベテラン騎士である。鍔迫り合いでの格闘もお手のもの。

「ふん!!!」

前蹴りがジェームズの顔面に炸裂する。

「ぐあ!!」

簡単に仰け反るジェームズ。

その隙にハロルドは剣を振るう。

特別なセンスは無いが、磨き抜かれた刀身のコントロールで腕の関節部分に刃を滑り込ませる。

いくらSランクの肉体といっても、『斬鉄剣』によって上がった切断力で一等騎士にそんなところを切られてはひとたまりも無い。

ジェームズの左腕が宙を舞った。

「ぐああああああああああああああああああああああああ!!」

絶叫するジェームズ。

「な、なぜだ!? 最強の力を手に入れたはずなのに……」

それに対してハロルドは。

「根性が足らん、いくらなんでも痛みに弱すぎる」

そう言いながら斬りかかる。

「ひっ!?」

ジェームズはまだ再生途中の左腕の代わりに右手の爪で何とかハロルドの攻撃を受け止

めた。

「前に屋敷に乗り込んできたレッドとかいうやつもそうだったが、お前はそれ以上に酷い。最初の頭突きで軽く痛い思いをしただけで何十秒も動けなくなるし、それ以降は痛い思いをしたくなさすぎて全てが逃げ腰でへっぴり腰だ。強い肉体が宝の持ち腐れだぞ!!」

錬磨された型で次々と打ち込んでいくハロルド。

いつの間にかジェームズは防戦一方になっていた。

まあだが当然の話だろう。

ジェームズは痛い思いをしたくなさすぎて、最初に頭突きを食らって以降終始へっぴり腰なのである。そしてジェームズの肉体はSランク級だが、さすがにここまで逃げ腰で打ち合って勝てるほどの差ではない。

「そもそもお前は、頭で考えたものでどうにかなると思いすぎだこの馬鹿者!!　さっき領民が生贄になって減っても勝手にまた増えるといったが、一晩で何十万人も死んだ事件が起こった場所に誰が住み続けたいと思うんだ？　そもそもここは『帝国』と国境を接してる国だぞ、攻めてきたらそんな少ない人間でどう対処するつもりだったんだ!?　答えてみるがいい『現実的』な対処法をな!!」

「……そ、それは!!」

ジェームズはハロルドの攻撃を受けながら答えようとしたが、言葉に詰まる。

「お前の弟であるクロム氏はその点頼りになったぞ。常に現場で実際に起こる事態を先に想定し、準備をしていた。今の質問にも何かしらすぐに答えるだろうさ」

「黙れ!!　俺が領主になるべきだったんだ!!」

「この際だから俺がはっきり言ってやる!!」

「やめろ!!　言うな!!」

ジェームズが半分懇願するような声でそう言ったが、ハロルドは容赦無く言う。

「生まれつき体が弱くてだのなんだの言っていたが、お前はそもそも弟より領主に向いてなかったのだこの大馬鹿者が!!」

「黙れえええ!!」

ジェームズの絶叫が響き渡った。

怒りに任せて全身の力を稼働させ、めちゃくちゃに反撃してくる。

「ぐっ!!」

普通の人間がやれば、ただのヤケクソの悪あがきである。

だが、腐ってもジェームズの肉体はSランク級。

怒りで振り切れてへっぴり腰が無くなった分、一撃一撃の速度と威力が上がりハロルドが押し込まれる。

「貴様に俺の何が分かる!!」

ジェームズはようやく再生した左手も合わせて、ハロルドに攻撃しながら言う。

「全部初めから奪われていたんだ!!　生まれつきまともに走ることも叶わず、すぐに体調を崩し、生殖して子をなすこともできない!!　評価されるのは健康で人当たりのいい弟の方だ!!　俺が可哀想だとは思わないのか!!」

バチン!!

と力任せにハロルドの剣を弾き飛ばした。

武器を失って仰け反ったハロルドに対し、トドメとばかりに目一杯右手を大きく振りかぶる。

「だからこれは全てから虐げられてきた俺の正当な反撃だ!!　貴様らに俺を断罪する権利など……」

しかし。

「そんなことは裁判所で言え‼」

ゴツン‼

と。

再びハロルドの頭突きがジェームズの顔面に炸裂する。

「がはっ⁉　い、痛い……」

思いっきり素人を晒（さら）した形である。せっかく武器を弾いて体勢を崩したのに気持ちに任せて大ぶりでトドメを刺（さ）そうとしたのだ。

そんなものは熟練者のハロルドからすれば反撃の機会をわざわざ作ってくれているようなものである。

「俺は警察組織の人間だ。さっきも言ったように、重要なのは貴様が弟を殺害しようとし大量虐殺（ぎゃくさつ）に加担しているという『事実』のみ」

すぐさま反撃を開始するハロルド。

一方ジェームズはまた痛みを思い出してへっぴり腰に戻（もど）ってしまっていた。

結局、一瞬だけ怒りで恐怖（きょうふ）や痛みを忘れても、ちょっとしたことで思い出して怖くなってしまう。

戦いで痛みや恐怖の中で平常心を保つためには、一瞬の感情ではなく『決意』が必要なのである。

ジェームズにはそれがあまりにも欠けていた。

ハロルドの剣が右手を切り飛ばす。

「ぐあ!!」

その痛みでさらに大きな隙を作り出す。

その隙に右手も切り飛ばされる。

「ぐあああああああああ!!」

「これで一つ目だな」

守る手がなくなったジェームズの心臓を、ハロルドの剣が貫いた。

そして剣が引き抜かれ夥しい出血をするジェームズ。

「ぐぅ……痛い……痛い……」

命のストックにより、切り飛ばされた手足や貫かれた心臓も含めて見る見るうちに治っていくのだが、痛みにのたうち回る。

そんなジェームズにハロルドは言う。

「貴様は領主どころか娑婆を生きる人間にふさわしくない。檻の中に叩き込んでやるから、そこで他人に迷惑をかけず大人しく暮らすがいい‼」

□□

ウラドの右腕を切り飛ばしたラインハルトはすぐさま追撃にかかる。

余裕をこいて大ぶりでトドメを刺そうとしたりしない。

いやらしいほど無駄のない正確でコンパクトな打ち込みが、右腕を失ったウラドに襲いかかる。

——回避しなくては……右だ。

(聞こえてくるぜ、次にあんたがどう動くかがな‼)

ラインハルトの剣は途中で、ウラドの回避した方向にその軌道を変える。

「⁉」

躱すのは不可能だと判断したウラドは、残った左腕を自分の心臓の前に出した。

そこに深々と突き刺さるヤマトの剣。

その瞬間ウラドは腕に力を込める。腹に刺さったナイフが抜けなくなるのと同じで、筋肉で剣を締め上げて急所である心臓に届かせないようにするのだ。

しかし、かつての伝説の英雄の輝く魔力をまとった剣は『真祖』にして『超越者』の筋力と肉体を易々と貫通していく。

……だが。

「ちっ……今の俺じゃ届かせきれねえか」

その剣はウラドの胸に浅く刺さったところで止まってしまった。

本来のラインハルトであれば、さすがにヤマトの剣の力があれば届かせられたはずなのだが残念ながら今のラインハルトは腕力が著しく下がっている。

「『固有スキル』の『対価』か……不便な能力で助かったぞ」

「……ほんとだぜ。わざわざ一番持っておきたいステータスが下がりやがるのが性格悪いぜこの能力」

――剣を拾わなくては……。

ウラドはそう心の中で呟いた通り、体を血の霧にしての高速移動で先ほど右腕と共に飛ばされた剣の元に移動する。

「逃さねえよ!!　『瞬脚』!!」

通常の状態ならウラドの血霧の高速移動には全く追いつけないラインハルトだが、今回は一瞬でウラドを捉える。

「パワーが下がった分、スピードは上がってるわけだからな!!」

「厄介な!!」

しかしウラドは移動した先にある剣をギリギリ拾い上げた。

そして、それを先ほど突き刺された左手に持ってなんとかラインハルトの攻撃に対抗しようとするが……。

「お前の太刀筋も、ちゃんと聞こえてくるぜ!!」

ラインハルトの繰り出す剣は、ウラドの剣の間をすり抜けるように次々に体にヒットする。

「ぐっ!!　だが……それではワタシを倒しきれないぞ」

パワーが大幅に下がっているラインハルトの一発一発の威力は高くない。急所さえ意識して守れば、それで倒されることはない。

いくらヤマトの剣でつけられた傷は治りが遅いとは言え、あくまでも高速再生である。

与えられるダメージと回復速度は同程度と言ったところだ。

ラインハルトの『固有スキル』の使い勝手の悪さが顕著に出ている。

しかし。

（……今だ!!）

三つ目、最後の仕込み。

ラインハルトはウラドと距離を取ると地面に何かの文字を書く。

すると闘技場の地面に魔法陣が浮かび上がった。

「いつの間に!?」

「まあ、戦いながらこっそりな」

闘技場の舞台の形が丸だったのは幸いであった。戦いの途中で地面に魔法陣を書くと言っても、馬鹿でかい丸で相手を囲ったら流石に露骨すぎてバレる。

しかし、この闘技場の舞台であれば最初から範囲を指定するための円は書かれている状態だ。あとは横の三本線と斜めの二本の線、最後に神性魔法において重要なヘブレスク文字を刻めばいい。

一見難しいようだができないことではない。

例えば、横の三本線なんかは、『ハリケーンカッター』を端っこから打てば一回で書ける。

「俺はよ……ちょっと不本意なんだが、サポート系の神性魔法が一番素質あったみたいでよ。まあ、それでもフルートのやつに比べたらカスみたいな素質なわけだが……いくつかはアイツの魔法も使えるんだぜ」

ラインハルトはパチンと指を鳴らす。

「食らいやがれ。フルート直伝、究極神性魔法『アルファマイグレーション』」

次の瞬間。

魔法陣から光が溢れ、闘技場の舞台全体が明るく照らされた。

その明るさは闘技場の舞台だけがまるで昼間のようで……。

否、昼間の「よう」というかむしろ……。

「これは……太陽の光⁉」

「地球上全てを範囲に収める転送魔法だ。といっても、距離が離れるほど移動できる重量が軽くなっていってな。１００ｋｍも離れりゃ水滴一粒の重量も送れねえ」

まあ、地球全体を効果範囲に収めてる時点で十分に凄まじいのだが。

「だけど、光に重さはねえからな。地球の反対側から転送してきてやったぜ、真昼間の日光をよ‼」

「ぐっ‼」

声を上げるウラド。

もちろん日光を受ければ灰になってしまうグールと違い、『真祖』であるウラドは普通に昼間でも暮らすことはできる。

だが、日の光が苦手であることには変わりはないのだ。

「能力が全体的に低下して、体が多少脆くなる程度の効果はあるよなあ!?」

「『瞬脚・厘』!!」

ラインハルトは高速移動術を使って一気にウラドとの距離を詰める。

さらに。

「『剛拳・京!!』」

腕力強化も使用。

「はあ!!」

渾身の横一閃は見事、ウラドの鳩尾から上の部分を深々と切り裂き……心臓を破壊した。

「二つ目だぜ『真祖』!!」

同時にフルートの魔法の効果時間が切れたため、一帯は夜の暗さに戻る。

地球の裏側から何かを転送してくる大魔法だ。当然長々と持つような代物ではない。

「ぐっ!!」

――まさか、残り一つまで追い込まれるとは……。

ウラドのそんな内心が聞こえてくる。

――だが殺されてやるわけにはいかない。目的を果たすのだ。

ダムが決壊でもしたかのような夥しい量の流血をしながらも、ウラドは決意の籠った目でこちらを睨みつける。

——全ての呪いを消し去るために!!

第四話　アリスレート過去編　１０　人形が見た景色

いつも他人のことで心を痛めているような人だった。

ウラド・ノスフェラトゥは自らの産みの親であるアリスレートのことを、そんな風に回想する。

遥か昔。

まだ文明らしい文明も存在していなかった頃。


「……バカ、バカな子達」

アリスレートはウラドを連れて交流のあった集落……。

いや、集落の跡地と言ったほうがいいその場所に足を運んでそう呟いた。

集落は戦いによって完全に壊れていた。

藁を被せて作った住居は焼かれ、武器によって殺害されたであろう人々の死体がそこら中に転がっている。

それらはかつてアリスレートを自分達の守護神と崇めていた、集落の人間たちだった。

ここ数年の食料となる獲物の減少、そして近場の集落がその人数と規模を増やしてきたことに勝手に恐怖し、自分達が攻め滅ぼされるのではないか？　と疑心暗鬼になった。

そしてやられる前に先に相手を殺してしまえばいい。我々にはアリスレート様の守護がついているのだぞ、と戦争をしかけてしまったのである。

その結果がこれだった。

当然アリスレートは止めたのだが最終的には聞き届けてもらえず、アリスレートが遠出をして少し目を離している間に、戦いははじまり……圧倒的に戦力の少ない集落の人々はあっという間に滅ぼされた。

「私は……アナタたちと普通に話したかっただけなのに……勝手に崇めて、勝手に自信過剰になって、勝手に死んで……」

アリスレートは石製の槍が頭に刺さった赤子を見て涙を流す。

「これじゃあ、私が死なせたみたいじゃない……」

現在と違い二十代の大人の見た目をしているアリスレートだが、ボロボロと瞳から水滴が滴る。

よく泣く人だった。

自分を生み出し、遥か昔から生きてきた、息を呑むような凛々しく美しい大人の女性の見た目をしているのに、辛いことや悲しいことがあると我慢できずに涙を流してしまうような人だった。

そんな感情的な姿が、産みの親でありながら……どこか愛しいなとウラドは思う。

そして自分はそんな彼女を放っておくことはできないのだ。

「アリスレート様、アナタのせいではないですよ。しかたのないことだったんです」

「私に優しいね……ウラドは」

「そういう風に生み出されましたからね」

ウラドはそんなことを言ってみる。

「……ごめんなさい」

アリスレートは少し俯いてそう言った。

実際のところウラドは、アリスレートが自分の寂しさを解消するための話し相手として生み出した存在である。

だからアリスレートが悲しんでいれば、その悲しみを和らげてあげたいと願うのは初めからそういう風に設定されたものなのかもしれない。

だが、それでいい。

ウラドはそんな自分の役割に満足していた。

その集落は最近勢力を伸ばしてきた集落だった。

縄張りにしている狩場がここ十数年豊かなこともあり、人口が増え、一族の長の息子が開発した新しい槍によって狩りの効率も上がっている。

さらに。

「先日の西の集落の襲撃で、対人でも新しい槍の有効性が確認できましたな」

「西の連中は、狩場の動物の減少に危機感を覚えていたようだが、こういうのは経験上長く続かない。もし我々の狩場に何かあった時のために確保しておくのも悪くない」

「それならば、今度は東の方の集落を攻め落としてみてはどうですかな?」

「ほうほう、それは良いですな。我々には精霊の加護と新しい槍がある」

「予備は多ければ多いほどいいですからなあ」

村の指導者たちがそんなことを話していると。

「だ、誰だお前は!?」

見張り役が声を上げた。

村にある丘の上に一人の息を呑むほど美しい赤い髪の女が立っている。その隣には整った顔立ちの少年。

——愚かなり人の子よ。

脳に直接語りかけるようなそんな声が聞こえてくる。

——偉大なる精霊の祝福を忘れ略奪に走るとは……。

女が指を天に向ける。

すると、見る見る空を黒い雲が覆い、ゴロゴロと音が鳴り始める。

さらには水を入れた袋をひっくり返したかのような大雨。

そして次の瞬間。

ドカン!!

と、爆発音のごとき落雷の音が響き渡った。

村の端にある、巨大な木を削って作った精霊を祀る塔に直撃したのである。

一瞬でほとんどが消し炭になり、大雨の勢いにも負けずバチバチと燃え上がる。

「……お、おお」

——身の程をわきまえよ。そして自然の祝福を与えられていることに日々感謝し、慎ましく暮らすがいい。

そう言って女と少年はその場から去っていった。

「あ、ありがたきお言葉……」

天候を自在に操る所業。

まさしく我らの信仰する精霊が現れお言葉をくださったに違いない。

その場にいた指導者も村人たちも、膝をついて深々と首を垂れたのだった。


「改めて凄い力ですね……」

ウラドは落雷で燃え上がった煙を眺めてそう言った。

これが『惑星真祖』の力。

地球の龍脈そのものに等しい膨大な魔力。そして数十億年の魔法操作経験から来る天候すら操る魔力操作。

まさしく『神』と言っていい力である。

しかし、その膨大な力を持つ当の本人は。

「……やっぱり、こういう役回りが向いてるわよね」

一芝居終えたアリスレートは、悲しげな表情で集落の方を見ていた。

「皆の中で普通に……なんて、無理な話だったわ」

「アリスレート様……」

ウラドはそんなアリスレートに何も言葉をかけることができなかった。


集落の一件の後。

アリスレートとウラドは周辺を毒の森に囲まれた、人里離れた谷に移り住んだ。

当然そんな場所に住むことができるのは二人だけ……いや、その時代にも強者はいたのだろうが、あえて住もうとする者は他にいなかった。

そこで二人だけで暮らした。

朝その日の食料を確保して、昼は自然の中で遊んだり魔法の研究をしたりし、夜には星を眺めてから寝る。

そんな日々を数年続けた。

「……よかったのですか？　アリスレート様」

「なにが？」

ある日の夜。

いつものように崖の上に座り星を見ながら酒を飲んでいるアリスレートに、ウラドは尋ねた。

「アナタは早く誕生しすぎてしまった長い長い孤独の中で、他者との対等な関わりを望んでいたはずです」

「まあ、私はどこまでいっても超越者（イクシード）だから。それはこの前の件で思い知ったもの」

「確かに今の生活は超越者として人と関わることで発生する悲劇を起こすことはないかもしれません……ですがその願いを叶えることはできませんよ」

「そうねえ……」

アリスレートはその凛（りん）とした目で、星空を眺める。

「でも、いいのよ」

「いいのですか？」

「だってウラドがいるし」

「……ワタシは一応アナタが『自分の話し相手になって』という目的をインプットして作った人形のようなものですよ？　自分に都合のいい設定をつけた人形と話すだけで満足というのはいかがなものかと思いますが」

「うっ……痛い正論吐（は）くわね……」

アリスレートはそう言ってガックリと項垂（うなだ）れた。

しかし、すぐに顔をあげて笑顔（えがお）でこちらを見る。

「でも……別にいいのよ。ウラドと過ごすの楽しいんだから」

「……そうですか。アナタがいいなら、ワタシには何も言うことはありません」

『ウラドと過ごすの楽しいんだから』……そう言われた時、なんとも言えぬ暖かい気持ちになったことは言うとからかってきそうなのであえて言わなかった。

■■

そんな穏やかな日々が続いたある日……。

ウラドが今年で十四歳になろうかという時期にその変化は起こった。

ガクンと、なんでもない時にアリスレートの膝が立たなくなることが見られるようになったのである。

「アリスレート様!!　大丈夫ですか？」

「……ええ、大丈夫よ。心配しないで。それよりも今日の晩御飯なにかしら？」

「……森で取れたキノコのスープです」

「そう、いいわね。お酒と合うのよね。楽しみだわ」

そんなことを言う、アリスレートの額には汗が浮かんでいた。

普通なら、風邪や病気を疑うところだろう。

だが、アリスレートは何十億年もの時を生きてきた『惑星真祖』である。

彼女を蝕むことのできる病原菌などこの世に存在しない。

「調べましょう原因を。嫌な予感がします。『何か』取り返しのつかないようなことが起きているような」

「……そうね。まあ、他にやることも無いものね」


アリスレートとウラドが原因を突き止めたのは、それから数ヶ月後、後一ヶ月でウラドが十四歳になる時だった。

「……どうやらこれ、この星の龍脈が原因みたいね」

床に敷いた動物の毛皮の上に横たわったアリスレートが言う。

「龍脈は十四年に一度、代謝を行うわ。古くなった魔力を吐き出して新しい魔力を流す。それによって星の経絡が若返り続けることで、長い間機能し続けることができる」

「星の魔力とリンクしているアリスレート様にも、同じような現象が起きているということですか」

「ええ、おそらくだけど……一ヶ月後。星の代謝の日に私の体は赤子の状態にリセットされるわ。まあ起こっていること自体は若返りなんだから『呪い』っていうより『祝福』なんでしょうけどね」

「……」

ウラドはしばらく言葉を口にすることができなかった。

自分を生み出してくれた母が、あと一ヶ月で赤子に戻る？

理屈（りくつ）としてはアリスレートと共に自分たちで研究して至った結論なので納得（なっとく）するが、心がまだそれを受け止め切れていなかった。

「……しかしなぜ今になって？」

ウラドは当然の疑問を口にする。

アリスレートは自分を生み出す遥か何億年も前から生きているのだ。

十四年に一度の星の代謝などそれこそ数え切れぬほど経験してきただろう。

「……」

アリスレートはその問いに口をつぐんでしまう。

その様子を見てウラドは察した。

「ワタシを生み出したのが原因ですか？」

「……察しのいい子に育っちゃって困るわね」

アリスレートは苦笑いした。

「アナタを生み出すために二つの力を使ったの。一つは数十年に一度この星の近くを通過する別の星の魔力、もう一つはこの星の魔力……そしてこの星の魔力を得るために、私は元々強かった自分とこの星の龍脈とのリンクを、別の魔法で強制的に強めたわ。それまでは十四年の代謝周期は、近づくとちょっと体が重くなって、終わったら体調がいいくらいのものだったんだけど……」

「リンクを強くしすぎた代償ですか」

「そうね……ごめんなさい」

そう言って深々と頭を下げるアリスレート。

「どうして謝るのですか？」

「……アナタに背負わせてしまうから」

そう言ってアリスレートはまた表情を曇らせる。

いちいち優しくて繊細な人だ。

と、ウラドは思う。

自分など事実だけ見れば、気分の解消のために生み出した道具みたいなものだというのに。

まったく世話の焼ける人である。

「大丈夫ですよ。赤子になったアナタをどう躾けるか、今から楽しみにしておきます。とりあえずなんでもかんでも大口を開けてバクバクと食べるのは品がないので、早いうちに注意したいですね」

「ちょ、そんなこと無いわよ!!」

自覚があったのか少し顔を赤らめる。

「……あと一ヶ月の、思い出を作りましょう」

ウラドはそう言った。

「赤子に戻って、きっと記憶を失うでしょう。そうなる前に今のアリスレート様が悔いのないような、幸せな思い出を作りましょう」

■■

それから一ヶ月間。

アリスレートはやってみたかったことを次々にやってみた。

最近できたというかなり大きな集落に行ってみた。

食べたいと思っていたものを思いっきり食べてみた。

行きたいと思っていた遠く離れた場所にある景色を見に行った。

当然ウラドも同行し、一緒(いっしょ)の時間を過ごした。

だが、残された時間はそれほど長くない。

あっという間にその時は来てしまう。

「……はぁ……はぁっ、いよいよね」

アリスレートは二人の住処(すみか)で壁(かべ)にもたれかかって、浅く息をしていた。

今日でウラドが生まれてちょうど十四年。

今日この日アリスレートは地球の龍脈が新しく若返ると共にリセットされる。

「……あー、この一ヶ月楽しかったなあ……もうちょっと長く楽しみたかったけど」

アリスレートは思いっきり遊んだこの一ヶ月のことを思い出しながらそう言った。

「付き合わされるワタシは大変でしたよ」

ウラドもなるべくいつも通りの調子で言う。

二人の認識(にんしき)は共通していた。

最後の時だからこそ楽しい時間を。

あまり湿(しめ)っぽくなってしまうと、アリスレートは泣いてしまう。

そしてアリスレートが泣いてしまえば、ウラドはそんなアリスレートが放っておけずにこころ穏やかでいられなくなってしまうのだ。

「本当に……楽しかった。ウラドと一緒に色んなことやってさ……」

しかし。

「……忘れたくないなあ」

やはりアリスレートは泣いてしまった。

「ずっと一人だったけど……これまで生きてきた私の人生だもの……何よりウラドと過ごしてようやく一人じゃなくなった時間を忘れたくない……」

ボロボロと涙が床に敷かれた毛皮に落ちる。

(……ああ、やはり泣いてしまわれましたか)

分かってはいたことだ。

そして、そうなればウラドは放っておけない。

その悲しみを少しでも和らげるように。

「きっと、また作りますよ。ワタシが……生まれ変わった新しいアナタに沢山(たくさん)の楽しい思い出を」

「……」

アリスレートは涙に濡(ぬ)れ赤くなった瞳でこちらを見る。

「……ごめんね」

「そこは、『ありがとう』を言うところですね」

最後にウラドがそう言った時。

次の瞬間。

アリスレートの体が凄まじい密度の魔力に包まれた。

それはまるで地球に流れる膨大な量の魔力を人のサイズに凝縮したかのような……決して誰も侵すことのできない絶対的な抗えないものだということを感じさせた。

……そして。

「んぎゃー!!　んぎゃー!!　んぎゃー!!」

魔力が晴れると、そこには赤い髪の可愛らしい赤子がいた。

「……」

この世に生まれたばかりで何も知らず、とにかく精一杯訳もわからず泣き喚くその赤子をウラドは抱き上げた。

「初めましてですね、新しいアリスレート様。ワタシが生まれたばかりの時にそうしてくれたように……ワタシもアナタを大事に育てます。安心してください、ワタシはアナタを悲しませないために生み出されたのですから」

■■

二度目の心臓を破壊した傷も命のストックの力により再生していくウラド。

（……だが、残りは一つだ）

この状態になれば心臓を破壊されれば死ぬのはもちろん、再生能力自体も極端に落ちる。

ラインハルトは全身に魔力を漲らせ、身体強化を一段階上げる。

ここが勝負どころだ。

今ウラドに与えたダメージが回復し切る前に。

「おおおおおおおおおおおおおおおおおおおお!!」

ラインハルトが雄叫びと共に再び攻撃を開始する。

やるべきことは回復速度より早くダメージを蓄積させること。

そして隙をついて急所である心臓を突き刺すこと。

（……持ってくれよ、俺の老体!!）

ペース配分を無視した猛攻がウラドを押し込んで行く。

――しかたない、あまり流儀ではないが……。


「!?」

ラインハルトは聞こえてきたウラドの意図に身構える。

ウラドは両腕に力を込め。

「おおおおおおおおおおおおおお!!」

叫び声と共にウラドは思いっきりラインハルトの胴体目掛けて剣を振るった。

当然、そんな力任せの大ぶり、事前に心の声を聞いているラインハルトは容易く自分の剣で受け流すことができる。

「身体操作『流撃』!!」

ラインハルトが使ったのは古流身体操作術の代表的な技術の一つ。最近では『流し』とも言われる、襲いかかってきた衝撃を、地面や壁、はたまた自分を捉えている相手に逃すというものである。

本来は自分の体に実戦で使用するだけでもかなりの熟練が必要な技術なのだが、ラインハルトはこれを武器を用いて使うことができるのだ。

だが。

「ぐおっ⁉」

その上でラインハルトはウラドの剣を受けて吹っ飛んだ。

巨大な棍棒で殴られたかのような凄まじい衝撃に、完全に力を逃し切ることができなかったのである。

「やはり、こういう単純な力押しは好きではないな」

「ちっ、やっぱり馬力の差はでけえな……だが‼」

しかし、すぐにラインハルトは体のバネを使って跳ね起きる。

再生速度はかなり落ちたとはいえ、悠長にしていれば少しずつ回復されてしまうことには変わりない。

だから、無理矢理にでも攻撃を続ける。

目の前の怪物を倒し切るまで‼

「ぐっ‼」

再び猛攻にさらされ、顔を歪めるウラド。

――賞賛するぞ少年……さすがは、あの少年とパーティを組んでいただけはある。

そんなウラドの内心が、パスを通して伝わってくる。

あの少年……つまりヤマトのついでに賞賛された気がして若干不服だが、まあウラドはヤマトのことをかなり気に入っていたし仕方ないだろう。

「はあああああああああああああああああああ!!」

ウラドも声を上げ、全身の力と魔力を惜しみなくつぎ込んでラインハルトに反撃する。

心を読まれているため、ほとんどの攻撃は躱され力を受け流される。

が、それでも『超越者』としての高い能力により力押しでラインハルトを押し返す。

——達成するのだ……目的を。

両者一歩も譲らぬ打ち合いの中、ウラドの心の声が流れ込んで来る。

——繰り返される悲しみに終止符を……!!

■■

ウラドが十四歳になる日から始まった新しいアリスレートとの生活だが、一筋縄ではいかなかった。

そもそも単純に赤子の世話というのが大変である。

なんの脈絡もなく泣き始めるし、急に泣き止んでひと段落したかと思えば、また理由も分からずに泣き始める。

とにかく泣いて泣いて泣きまくる。

おまけに、赤子だろうとアリスレートはあくまで『惑星真祖』である。

なので。


「んぎゃああああああああああああああああああああああああああああああああああああああ!!」


「ぐおっ!?」

耳をつんざくような赤子の泣き声と共に、凄まじい魔力の衝撃波が発生し、ウンチを処理しようとしたウラドを何十mも吹っ飛ばした。

バコン!!　と深々と壁にめり込むウラド。

「……これは、普通の育児には無い大変さだな」

それでも、やらないわけにはいかない。

別にミルクをあげなくても星の龍脈からエネルギーを得ているアリスレートは死んだりしないのだが、お腹自体は空くため泣くのである。

そして泣いているアリスレートを放っておくことはウラドにはできない。

「ほら、大丈夫ですよ。ちゃんと側にいますから」

ウラドはそう言って、自分を生み出した母を抱っこしてあやすのだった。

献身的と言っていいであろうウラドの育児もあり、アリスレートはスクスクと元気に育った。

……まあ、元気すぎて大いに困るところはあるのだが。

「どーん!!」

十歳になったアリスレートがそう言って指をかざすと、天まで昇る火柱が上がった。

「アリスレート様……またこんな大きなクレーターを作って……」

ウラドは呆れたようにアリスレートに駆け寄る。

「えー、だって、ウラド遊んでくれなくて暇なんだもん」

そう言って膨れっ面をするアリスレート。

暇になるたびに地図を書き換えなくてはならないレベルの魔法をぶっ放すのはどうかと

思うが、相変わらず元々住んでいた自分たちしかいない毒の森に囲まれた谷に暮らしているため、仕方ないところはあるなと思う。

「街の方の子供達と遊んでみたいなー」

「そ、それはちょっと……」

さすがに普通の子供達を一緒に遊ばせるのは大惨事になるだろう。

「分かりましたよ。遊びましょう。ワタシならいくらでも付き合いますから」

「……うん!! ウラドが遊んでくれるならいいよ!!」


ウラドは前のアリスレートに宣言した通り楽しい思い出を沢山作った。

二人でいろいろなところに行って……二人でいろいろなことをやって……前は最後の一ヶ月しかできなかったことを目一杯やった。

だが……ウラドが二十八歳、アリスレートがリセットの日から十四歳にもうじきなろうかという時にそれは再び起こった。

「ウラド、体が重いの……」

「……!!」

十四年前と同じ症状だった。

そしてそれから数ヶ月、同じようにアリスレートは苦しみ……。

「……忘れたくないよウラド」

「アリスレート様……」

忘却に恐怖し涙を流す。

だが無情にもその体を星の魔力が包む。

そして。

生まれたばかりの赤子の姿に戻ってしまった。

「……」

呆然とするウラド。

星の龍脈の代謝はこの先もずっと十四年周期で起こり続ける。

そうでなければ、星の魔力の回路は錆びついてしまうのだから当然である。

アリスレートがこの星から受けている『祝福』という名の呪いは、これからも永遠に彼女を十四年周期でリセットし続けるのである。

「んぎゃー!!　んぎゃー!!」

呆然とした心持ちなど理解できるわけもない、赤子の大きな泣き声が響く。

ウラドはそれを放っておけない。

アリスレートを抱き抱え、あやしながら一人呟く。

「……大丈夫です。それでも、ワタシはアナタが笑顔になる思い出を作り続けますから。

何度忘れても……何度繰り返しても……」

■■

「おおおおおおおおおおおお!!」

ラインハルトは戦闘の合間にウラドの過去を垣間見つつも、猛攻を続ける。

『固有スキル』によりアップしたスピードで、ウラドを撹乱し、ストライドの魔法で意識を読み取って次々に剣をあてていく。

何度も切り刻まれるウラドの体は、再生能力が追いつかずダメージが蓄積していく。

命のストックはもう無い。著しく回復能力が落ちていることに加え、ヤマトの剣がつけた傷は再生も遅いときているのだ。

このまま、倒し切る。

そう決意してラインハルトは絶え間ない攻撃を続ける。

……しかし。

（くそっ……!!　なかなか倒れやがらねえ……!!）

ウラドは粘り強かった。

急に力を与えられただけの使徒たちとは違う。

長い時を生き、いくつもの戦いを経験し、実力を磨いてきた本物の強者である。

ここまで不利な状況を作られても、高い戦闘技術や判断力で応戦してくる。

さすが『超越者』の第九位である。

（つか……考えてみれば、俺の戦闘スタイルって最初はこの人参考にしたんだよな）

仲間には尖り散らかしたタイプの人間しかいなかったので、同じバランスよく全ての能力が高いタイプの強者だったウラドは、ラインハルトにとっていい手本だったのである。

「……はあ……はあ……っ!!」

そうしている間に、逆にラインハルトの方の息が上がってきた。

『固有スキル』の『対価』により、肉体の成長と共に老化もかなり進行が遅くなっているラインハルトだが、もう二百歳を超えている。

その体には確実に老いがやってきており、特にスタミナの劣化はここ三十年ほどで日常生活でも分かるほどに著しい。

（あー、クソ。投げ出してえ……）

両手が痺れて感覚がなくなってきた。

足が少し震え始めている。

当然、攻撃の速度は遅くなり反撃を受ける回数も増えていく。

そのせいで、せっかく傷つけたウラドの傷が少しずつ治っていってしまう。

どうする……？

なにか、対策を……。

そんな風に考えた時に、ふとヤマトとのやりとりが思い出された。


『なあヤマト、お前ピンチの時にどうしてもう一段階力が上がるんだ？　そういう技術とかあるのか？』

『「根性」だよ』

『……理由なしかよ』

『理由なんてないからこそ「根性」なんだよラインハルト。決意があればちょっとだけ力が湧いてくる……人間なんてそんなものだ』

（……お前は「ちょっと」どころじゃなかったろ化け物め）

内心でそんなことを思いつつ。

ラインハルトは小さく笑った。

そして。


「根性おおお!!」


出しうる限り、全ての力を振り絞（しぼ）ってそう叫んだ。

「!?」

一瞬（いっしゅん）驚（おどろ）いて動きが鈍（にぶ）るウラド。

「おらあああああああああああああああああああああああ!!」

そこに渾身（こんしん）の一撃（いちげき）を叩（たた）き込む。

ウラドはギリギリのところで剣を使って防御（ぼうぎょ）する。

しかし。

「!?」

バチンと、ウラドが剣ごと押し込まれた。

——バカな!!　パワー自体は下がっているはずなのに、明らかに重い。

ウラドのそんな内心が聞こえてくる。

「……はっ、ヤマトのやつの猿真似(さるまね)だよ。こけおどしくらいにはなるかと思ってな!!」

「ぐっ!!」

■■

それから……何度も繰り返した。

何度も何度も何度も、ウラドはアリスレートを一から育て、彼女(かのじょ)が笑顔でいられるような思い出を作った。

その度に『祝福』という名の呪(のろ)いに全てをリセットされ少女は苦しみ悲しんだ。

それでもウラドはアリスレートのためになんでもした。

自分たちが住んでいる毒の森に囲まれた谷に『吸血鬼(きゅうけつき)の谷』を作ったのは、もちろん吸血鬼と人間の争いに心を痛めたからという理由もあるが、一番の理由はアリスレートに自分以外の人との繋がりを作るためだった。

使徒化した人間は体が強靭で命のストックもできる。

多少ならアリスレートと関わっても大丈夫なのである。

元々、大人の時から寂しがりな性格だったので人に囲まれて過ごすアリスレートはいつも笑顔で、幸せそうだった。

だが思い出が楽しければ楽しいほど……それを失う悲しみは大きい。

『吸血鬼の谷』での思い出を作ってからのリセットの悲しみようは酷いものだった。何日も何週間もずっと泣きじゃくるのだ。


皆んなとのことを忘れたくない。

ウラドとのことを忘れたくない。

どうして私は十四年間しか私でいられないんだろう。


そんな痛切な苦しみを和らげようとしても、ウラドにできることはなにもない。

ただ目の前で大事な人が苦しむ姿を見ることだけしかできない。

そして。

無情にもアリスレートの記憶はリセットされ、再びアリスレートを育て直す。

もちろん、この『祝福』をどうにか解除する方法をウラドは研究し続けた。

しかし、そもそもアリスレートはこの星の龍脈と密接な関係にある。

さらには双方とも膨大すぎるエネルギーを持っているため、何かの魔術的なアプローチを試みようとも、規模が桁違いすぎて一瞬で術式が飲み込まれてしまうという状態だった。

言ってみれば、地球の回転を止めるとかそういうレベルの無理難題なのだこれは。

（いや……一つだけ、もしかしたらやれるかもしれない方法がある……だがさすがにこれはな……）

ウラドはアリスレートを育てながら、救う方法を研究する日々を続けるのだった。


「……はあ」

その日、ウラドは眉間に皺を寄せながら『吸血鬼の谷』を取り囲む毒の森の中を歩いていた。

気晴らし……と言ったところだろうか。

アリスレートがちょうど苦しみ始める時期に入った頃だった。

あと三ヶ月ほどでリセットが起こる。

まだ普段の楽しそうな笑顔のままだったが、これから彼女の笑顔が曇っていくことをウラドは知っているのだ。

そう思うと……その場にいられずにこんなところに散歩に来てしまったわけである。

そんな風に思っていた時。

「ん？　あれは……人間⁉」

ウラドは地面に一人の少女が横たわっていることに気がついた。

ウラドは散歩目的で歩いている森だが、本来は植物からモンスターまで強力な毒を持つものばかりの危険な森である。

ウラドは急いで駆け寄った。

白装束を着た背は高く手足の長い細身の十八歳くらいの少女である……いや、細いというより「やつれている」というのが正しいだろう。

優しげな顔立ちに苦悶の表情を浮かべていた。

幸いにもモンスターに襲われたわけではなかったが、彼女が倒れていたのは毒の染み出した水が溜まった水たまりである。

水に浸っていた部分を中心に皮膚の色が紫色に変色している。

「まずいな……これはもう持たない」

ウラドは回復魔法の心得も多少はあるが、回復魔法はダメージを受けて時間が経つほどその効果が弱くなる。少女の状態を見る限り、毒を受けてからそれなりに時間が経っていた。

もちろんかつて共に戦った、ヤマトのパーティの聖女のように特級の回復魔法使いならなんとかするのかもしれないが、少なくともウラドには無理である。

(『吸血鬼の谷』や近くの村の設備の整った病院に連れて行く時間もない……)

「……致し方ないか」

ウラドはかつて暴走してしまった者たちを生み出して以降、やっていなかったことだが。

少女を抱き抱えると……。

ガブリと、その首筋に噛みついたのである。

……ウラドの住処に連れ帰った少女が目を覚ましたのは、三日後のことだった。

「ええと……ここは……あの世でしょうか?」

キョロキョロと困惑したように周囲を見回す少女。

「ここは『吸血鬼の谷』だ。本来は『純血使徒』になれば回復能力が働いてすぐに動けるようになるものなのだが……意識が戻るまでに時間がかかったあたり随分と重症だったようだな」

ウラドはベッドの上に横になる少女に歩み寄る。

「少女、名はなんと言う?」

「……ミナです」

「ワタシはウラド、吸血鬼の『真祖』だ。勝手ながら君を『使徒』にさせてもらった。死にそうだったのでな」

少女は驚いてしばらく黙っていたが。

「そうですか……ありがとうございます」

そう言って頭を下げた。

「それにしても、なぜ君はあんなところに一人で倒れていたのだ?」

自殺志願者だったのなら生かされてしまったことに対して文句の一つでもいいそうなものである。

だがミナは特にそういうこともなさそうだった。

「……」

ミナはしばし黙って下を向いたまま、口を結んでいた。

「生贄です……私の村ではここ十年近く不作が続いていて、それで古い記録にあった毒の森の奥にいるという神に生贄を捧げる儀式を……」

「なるほどな、大方『村で一番若くて美しい女の命を神に捧げれば、たちどころに大地は活気を取り戻す』とか、そういう類の伝承だろう？」

「……え？」

「わけあって、各地のそういう都合のいい伝承は調べたのだ」

　アリスレートの『祝福』を解除する手がかりになればと……まあどれも無意味だったが。

「君は美しい容姿をしているからな……似たような古い伝承はいくつか知っている」

「あ、え……ありがとうございます」

　ミナの顔が少し赤くなる。

「それで、白装束を着て毒の森に入ってきたわけだな。森の奥にいる神に命を捧げるために」

「はい……死ねませんでしたけどね……」

「気にすることはない。その伝承はガセだ。そもそもこの森の奥にいるのは神ではなく吸血鬼だからな……そしてミナ、君もワタシに血を吸われ吸血鬼の一員となった」

　ウラドは手に持っていた温かいスープをミナに手渡す。

「落ち着くまでここにいるといい。気に入ったならずっといてくれても構わないぞ。そのためにこの場所を作ったのだからな」


ミナは元々温和で優しく、自分のことよりも他人が喜ぶことを喜ぶ性格だった。

そのため、すぐに『吸血鬼の谷』でも他の吸血鬼たちから好かれるようになる。

「おう、ミナちゃん。相変わらず綺麗だねえ」

道を歩くと吸血鬼の一人にそんなことを言われる。

「ありがとうございます」

そう言って上品に頭を下げるミナ。

元々生贄に選ばれるくらいには美人であったが、体が丈夫になり栄養もとった今はもう都会に行っても誰もが振り返るような美貌の持ち主と言っていい。

「ただいま帰りましたウラドさん」

谷に一つだけある市場から食材を買って帰ってきたミナがそう言った。

ウラドの住む谷の中央の祭儀場と併設された家である。

毒の森から連れてこられた日以来、ミナはこの家に暮らしている。

「……ああ、ありがとう」

ウラドはベッドの上に横になっているアリスレートを見ていた。

「アリスちゃん、体調……良くなりませんか？」

心配そうにアリスレートの顔を覗き込むミナ。

「……ああ」

ウラドはそう答えつつも内心では、良くなるはずはないと思っていた。

十四年周期の星の代謝まであと半月。

これから症状は悪化する一方である。

そんなウラドの考えを他所に、ミナはアリスレートに話しかける。

「アリスちゃーん」

「……あ、ミナ。あれ？　いい匂いする」

「あ、気づいちゃいましたか？　この辺では珍しい桃が手に入ったんですよ」

「おお!!　桃!!　大好き!!」

「デザートに出しますね」

「ばんざーい!!」

そんなまるで姉妹か母娘かのようなやりとりをする二人。

相性がいいのか、アリスレートとミナは非常に仲が良かった。

だが……だからこそ。きっと記憶を失う時は苦しい思いをするに違いない……。

優しい思い出を、愛しい思い出を作るほど、アリスレートの苦しみは大きくなるのだから。

「……」

気づけばミナがこちらの方を見ていた。

「どうした？」

「このあと少しお時間ありますか？　相談したいことがあるのですが」

ミナに連れられてやってきたのは『吸血鬼の谷』を一望できる崖である。

この辺りで一番眺めのいい場所だった。

「それで、相談というのはなんだ？」

「まあまあ、まずは座りましょ」

ミナがそう言って眺めのいい場所に置かれた木製のベンチに座り、隣をぽんぽんと叩く。

「こんなところにベンチなどあったか？」

「私が作りました。ちょっと傾いちゃってますけどお気に入りです」

言われてみれば背もたれのところが既製品ではありえないような、微妙な傾き方をしている。

「君はここでの生活を楽しんでいるな」

ウラドはそう言ってベンチに腰掛けた。

「ふう……」

それだけでため息が出てしまう。

体力的には当然全く落ちていることなどないのだが。

やはり、アリスレートのリセットが迫っていることで心労が溜まっているのだろう。

「それで、相談というのは？」

「……すいません、実は相談は無いんです」

ミナはそう言ってこちらに頭を下げた。

……どういうことだろうか？

「ただ……ウラドさんが辛そうな顔をしていたので、少しは気晴らしになるかなと」

「ああ、まあ一日中辛気臭い顔をしていたからな」

ウラドはここ最近、家に篭ってアリスレートの側と自室を行ったり来たりするだけの日々だった。

「同居人の君に辛気臭い思いをさせてしまったな。すまなかった」

しかし。

「いえ、それはいいのです」

ミナは首を横に振った。

そして、こちらに手を伸ばしウラドの右手の上にそっと置いた。

「私はウラドさんが心配なんです」

「……『真祖』の体は丈夫だ。再生能力もある」

「体はそうでも心が心配です。アナタはずっと辛そうにしているから」

ミナの温かい体温が右手から伝わってくる。

「悩みがあったら、私や『吸血鬼の谷』の人たちに話してください。皆んなウラドさんに感謝しています、平穏で温かい日常を送れるようにしてくれたアナタに」

そう言ってミナは優しく微笑んだ。

「……ミナ」

柔らかい微笑みだった。同時にこちらのことを同じ一人として心配し、良くなって欲しいと心から思っている表情だった。

思えば長い長い時を生きてきたが、アリスレートの親代わりや吸血鬼の王として人と関わったことはあったが、こんな風に接されたのは初めてである。

強いて言えば『吸血鬼の谷』を作る時に一緒に戦った冒険者たちが近かったが、まああれは対等な協力者ではあっても近しい人、という感じではなかった。

（……ああなるほど、これは救われるな）

アリスレートがなぜあれほどまでに対等に話すことのできる相手を望んでいたのか……

それがなんとなくわかった気がする。


その日の夜。

「……だからこそ、これはダメだな」

ウラドは自室で自分の書いた研究の成果が書かれた紙を見ていた。

そこに書かれているのは、大量の魂を生贄にすることでこの星とは別の星の力を使い、龍脈に干渉する魔法『コメットストライク』についてだった。

これを使えばもしかしたら、膨大な魔力によって全ての魔術的干渉を押し流してしまうアリスレートとこの星のリンクを断ち切れるかもしれない。

この大量の魂の条件だが……一人でその大半を補うことのできる特殊な体質がある。

「……『ヴァルキュリアの素体』」

生まれつき持っている魂の量が大きく、その副産物として魔力量が異様に膨大である女性。

本来はいくら素質があっても若いうちにモンスターを倒し『経験値』と呼ばれるものを獲得して魔力を鍛えなければ、それほどの魔力量にならない。

しかし『ヴァルキュリアの素体』の資質を持つ者は、一切鍛えなくても最高ランクの第一等級の魔力量を有するのである。

この極めて稀な特性だが……なんの因果かミナはこの特性を持っていた。

「論外だな……そもそもこの生贄は任意でなければならない。なにか、他の方法を考えねば……」

しかし。

これまで長い長い時間を研究し続けてようやく見つけた可能性のある手段だ。

そんなものが簡単に見つかるはずがない。

時は無情に過ぎていく。

「……ウラド、怖いよ。ウラドとのこともミナとのことも皆んなとのことも……忘れたくないよお……」

リセットが翌日に迫っていた。

アリスレートはいつものように……いや、これまでで一番辛そうな表情で涙を流す。

「アリスレート様……」

その涙を放っておきたくない。

今すぐその表情を笑顔にしたい。

そんな風に思ってもウラドは何もすることができなかった。

アリスレートが泣き疲れて眠りについたので、ウラドは一度席を外して自室に行くと
……。

「くそ!!」

ドン!!

と机を叩く。

『超越者』の力で殴られた机は、一発で粉々になる。

床に散らばる破片と紙とペン。

そこでウラドは気づいた。

「……そういえば『コメットストライク』についての研究レポートが無い?」

床に散らばった紙を拾ってみるが、どこにも見つからない。

その時。

「……ウラドさん」

部屋の入り口のところにミナが立っていた。

「ミナ……っ!!」

ウラドはミナが手に持っているモノを見て目を見開いた。

ウラドの筆跡で書かれた紙の束……『コメットストライク』の研究レポートである。

「ごめんなさい……掃除をしている時に目についてしまって……ウラドさんが苦しんでいる理由が分かると思って……全部読んでしまいました」

「……そうか」

「大変だったんですね。ずっとアリスちゃんのために」

「君が気にすることではない、それにワタシはそのために生み出されたわけだからな」

ウラドはそう言うと、ミナの手にあるレポートを取った。

「これはまあ……その研究の一部だ。忘れてくれていい」

そう言って研究レポートをゴミ箱に捨てようとした時。

その手がミナの手に優しく包まれた。

そしてミナは。

「使ってください……私の命を」

ミナはそう言ったのである。

「……」

ウラドは最初何を言われたのか分からなかった。

「『ヴァルキュリアの素体』……というモノなんですよね私は？」

「何を言ってるのか分かっているのか!!　死ぬんだぞ!!」

声を荒らげるウラドにミナは静かに頷く。

「この命は元々アナタに救われたモノです。そしてアナタは生贄として死ぬはずだった私に優しい時間をくれました……それに」

ミナは優しい笑顔で言う。

「私は、ウラドさんとアリスちゃんが好きになってしまったんです。だからどうか……私の生贄になるはずだった命、アナタたちのために使ってください」

「……」

穏やかな表情だった。

自分が死ぬ話をしているとは到底思えないような笑顔だった。

ウラドにも分かる。

ミナは何か嘘を言ってるわけでも、妙な強迫観念に突き動かされているわけでもない。

本当に、純粋に、自分とアリスレートのために死んでもいいと思っているのだ。

呆然とするウラド。

それを見て、イタズラっぽく笑いながらミナは言う。

「ふふ……私だけじゃないんですよ」

ミナがそう言うと『吸血鬼の谷』の吸血鬼たちが何人も来ていた。

「俺たちの命も使ってくださいよ」

「お前たち……」

「俺らも随分長く生きました。アンタのおかげで平和な時間を過ごすことができました。あとはどんな風に死のうかって思ってましたが……アンタのために死ねるなら、いい命の使い方だ。そんな風に思うやつらはここには結構いるんですぜ」

確かに長く生きた吸血鬼は死に場所を求めるところはある。

それに『吸血鬼の谷』にはウラドが命を助けたものも多い。特に泥沼化していた『純血使徒』同士の戦いを終わらせたことで、戦いで使い潰されるはずだった大勢の吸血鬼の命を救ったのだ。

だが……それでも。

だからと言っても……。

「……かっこつけて最後を迎えさせてくださいよ、俺たちの王様」

そう言って皆笑った。ミナと同じ心からの笑顔だった。

「……お前たち」

そうしてその晩。

吸血鬼たちによる盛大な宴が催された。

彼らはウラドに救われた素晴らしい人生を最後まで楽しむように、飲んで騒いで歌って踊った。

そして翌日の夜。

リセットの日。

ウラドは準備した巨大な魔法陣と、魔法石を積み上げた装置の前に立つ。

その傍には横たわって眠っているアリスレート。

そして、魔法陣の中にはウラドのために自分の命を使うと決めた吸血鬼たち。

「……他の吸血鬼たちはもう全員いなくなりましたぜ」

吸血鬼の一人がそう言った。

「そうか……」

頷くウラド。

『コメットストライク』は術式を失敗すれば大爆発が起きる。

再生能力のある吸血鬼とはいえど、一発で即死する可能性がある。

だからウラドの魔法に参加しない吸血鬼たちは、各々自分たちの新しい住処を探して去って行った。

「……皆」

ウラドは深々と頭を下げた。

「ありがとう……そして、すまない……」

そんな様子を見て、苦笑する吸血鬼たち。

昨日からもう何回謝られたか分からなかった。

ちょうどその時。

「おお!!」

吸血鬼の一人が空を指差した。

そこにはまるで夜空に線を描くように流れる大きな流星。

自分たちの住む星とは別の、膨大な魔力を帯びた美しい星である。

「……では、始めるぞ」

ウラドが水晶の祭壇に魔力を込めると、魔法陣が強く輝き出す。

そして魔法陣が勢いよく、吸血鬼たちの魂を吸収していった。

魂を失い、次々に灰になっていく吸血鬼たち。彼らの表情はどれも、清々しいものだった。

最後に残ったのは『純血使徒』であり、『ヴァルキュリアの素体』として大きな魂を持つミナ。

しかし、そんなミナも魂を吸収され少しずつ体が灰になっていく。

「……っ!!」

その様子を見ていられずに目をそらすウラド。

しかし。

「ウラドさん」

この数ヶ月、短い期間だったが聞き慣れた優しい声が響く。

「ミナ……」

「大好きです……アリスちゃんとお幸せに」

そう言って、優しくて暖かくて美しい笑顔を最後に見せて……ミナの体は灰になって消えた。

「ミナ……ワタシは君を……」

血が滲むほどに手を握り締めるウラド。

そして……術式は発動する。

幾つもの尊い魂を喰らい、天に昇った魔力は夜空を流れる星をとらえる。

そしてその星から膨大な魔力がアリスレートに降り注いだ。

時間はちょうどアリスレートのリセットが始まる時。

アリスレートの全身から溢れ出し、蛹のように包んでいく超超高密度のこの星の魔力。

それを別の星からの魔力が消し飛ばさんと降り注ぐ。

真夜中でありながら、周囲一帯が真昼間に感じられるほどの魔力光が迸る。

……そして。

やがてどちらの光も消えていく。

「……」

ウラドはその光の中から現れるものに目を凝らした。

どうか……どうか、上手くいってくれ……と。

そして。

「んぎゃー!!　んぎゃー!!　んぎゃー!!」

「……ああ」

本来赤子の産声は祝福の音である。

こんな絶望的な産声が他にどこにあるというのだ。

失敗だった。

アリスレートはまたリセットされてしまった。

この星とアリスレートのリンクは、『コメットストライク』ですら断ち切ることができなかったのである。

「ぐっ!!」

ウラドは膝を突いて地面を殴る。

「ミナ……皆……すまない……っ!!」

だが、そんなウラドの気持ちを赤子が知る由もない。

「んぎゃー!!　んぎゃー!!」

と声の限りに泣き叫ぶ。

（……また始まる）

この赤子を育て思い出を積み重ね、最後に苦しむ姿と共にそれらの積み重ねが失われる日々が……。

この先、ずっとずっと……永遠に。

「あ……ああ……」

ウラドは気がつけば赤子の首に手を伸ばしていた。

そして、そのまだ据わっていない首をへし折ろうと力を込め……。

バチンイイイイイイイイイン!!

と凄まじい衝撃を受けて弾き飛ばされた。

それはまだ赤子のアリスレートをオートで守る、膨大な魔力防御。

一瞬で自分であっても突破するのは不可能だと分かる。

「……ああ!!」

そしてウラドは……アリスレートをその場に捨てて、自らが作った『吸血鬼の谷』を逃げ出した。

■■

「おおおおおおおおおおおおおおおおおおおおおお!!!」

気合いの咆哮と共に剣撃を打ち込んでいくラインハルト。

（……アンタの記憶、流れ込んできたぜ。めちゃくちゃ辛かったんだろうよ）

こんな凶行に走ってしまうほどに。

なにかあったんだろう、とは思っていたが想像を遥かに超えるものを見せられてしまった。

大切な人の苦しむ姿を見せられ続ける悠久の時。

自分のように所詮は二百歳程度の小童には想像もつかない苦しみだったことだろう。

「大いに同情はする!!　だが俺はアンタを止めるぜ!!　それでも沢山の人を犠牲にしていいとは思えないからな!!」

ヤマトのやつだってきっとそう言うだろう。

「ぐっ!!」

ウラドはなんとかラインハルトの攻撃を凌ぐが、何発か体を掠めている。

心を読むことができるとはいえ、現状ウラドの方がスペック的に優位なのは変わらない。

ヤマトの猿真似。理屈もへったくれもない『気合い』と『根性』。

一瞬の勢いである。

とはいえ、この猛ラッシュが持つのはあと三分といったところか……。

それまでに……決める!!

「おおおおおおおおおおおおおおおおお!!」

咆哮と共に力を振り絞ってラッシュを続けるラインハルト。

……しかし。

（……た、倒しきれねえ!!）

ウラドは致命傷を避け生き残ってくる。

再三実感させられることだが、ラインハルトよりも遥かに長く生きた熟練の戦闘者なのだ。単純に戦闘技術が高い。

だが、何より……。

「体力の低下か……やはり老いはままならないな」

ウラドがそう言った。

そう体力……この二百年で最も衰えた能力である。

ラインハルトは気合いでラッシュを続けているが、もうスタミナ的には限界ギリギリ。

振り絞ればあと二分は続けられるが、すでにラッシュの最初よりも勢いは弱まっている。

(早く……倒しきらねえと……!!)

その焦りが打ち込みを大ぶりにした。

ウラドはそれを見逃さず、ラインハルトの腹を蹴り飛ばし距離を取る。

「ぐっ!!」

「これも力技で好きではないのだがな……血界魔法『ブラッドサンクチュアリ』!!」

ウラドが地面に手を置いた。

その瞬間、地面に赤い線が人体の血管のように複雑に絡み合って描かれる。

……ゾワリ、と嫌な予感がしてラインハルトは跳躍する。

そして次の瞬間。

ズドン!!

と地面から次々に鋭く巨大な血の棘が突き出して来る。

血の棘はあっという間に闘技場の舞台全面を埋め尽くし、当然先ほどまでラインハルトがいた場所からも勢いよく飛び出す。

あのままあの地面にいれば串刺しになっていたことだろう。

「空中に飛んだだけで逃げられんぞ」

ウラドがクイッと指を上に向けると、地面から生えていた棘が一斉に上空に向かって射出される。

「くっ!!　おおおおおおおおおおおおおおお!!」

ラインハルトは自分に向かって飛んできた棘をヤマトの剣で切り払う。

ただでさえ体力も限界に近づいているというのに……こんなことに体力を使いたくないが、ケチって串刺しになれば本末転倒もいいところである。

そんなことをしている間に、体力の限界まであと一分と言ったところか。

やるしかない。

これがラインハルトが仕掛けられる最後の攻撃だ。

「強化魔法、『剛拳・穣』!!」

腕力強化の強化魔法、剛拳の上位魔法である『剛拳・京』のさらに上位魔法。

『固有スキル』によって減少したパワーを補ってあまりある超強化である。

ラインハルトに一撃必殺の特別な技などない。あくまでできることは基礎の延長。

だが、この強化魔法はラインハルトの持つ手札の中で、最も強力な基礎の延長である。

「いくぞ!!」

ラインハルトが地面を蹴った。

パワーを下げた分、伸ばしたスピードで確実にウラドを捉える。

魔力を込め、ヤマトの魔力で光り輝く剣。

(この一撃で決める……ダメだったら、俺は負けだ)

「賭けに出たか……いいだろう」

ウラドはそれに対し、むしろ真っ向から迎え撃つ構えを見せた。

ラインハルトは『固有スキル』の速度強化で、簡単には振り切らせてくれない。

ならばこちらも最高火力で迎え撃つほうが勝率は高い。

ウラドは剣に自分の指を這わせ、刀身に血を吸わせる。

真紅に輝くウラドの大剣。

「『ブラッディクロス』!!」

「おおおおおおおおおおお!!」

互いの最高威力の一撃が激突した。

凄まじい衝撃波が周囲に撒き散らされる。

激突の余波だけで、闘技場の一部がガラガラと崩れていく。

そして。

ドゴオオオオオオオオオオオオオオオオオオオオオオオオオオン!!

と、凄まじい土煙が舞い上がった。

……煙が晴れるとそこには。

「結局最後にものを言うのは、基礎ステータスの高さだな少年」

額から血を流しながらも、悠然と剣を持って立つウラドと。

「……ぐあっ」

闘技場の壁に激突し、その拍子に壊れた瓦礫と共に地面に倒れたラインハルトがいた。

剣は先ほどの激突で弾き飛ばされたのか、その手には無い。

ウラドはラインハルトの元にゆっくりと歩み寄る。

「……」

ラインハルトはそんなウラドをなんとか顔を上げて見る。

ウラドの言う通りである。

いろいろ工夫して粘ってみた。ヤマトの猿真似までして力を振り絞ってもみた。

だが結局最後は力負け。

当たり前なのだ。

強いやつを倒すために工夫することで、その差を埋めようとする。

確かにそれは聞こえのいい考えだが、ど素人（しろうと）から急に『使徒』になって強い肉体を手に入れた者ならともかく、強くなるために鍛えて強い者は「普通（ふつう）に頭を使って工夫してくる」のである。

強いやつは基本、戦術的にも賢（かしこ）い。

当たり前のことである。

今回でいえば、ウラドはラインハルトの体力の衰えを見極（みきわ）め、早い段階で致命傷を避ける防御（ぼうぎょ）に徹（てつ）していた。

そしてラインハルトが焦った隙（すき）をついて攻撃に転じる。

見事にしてやられたわけだ。

最後は真っ向勝負をせざるをえなくなった。

そうなれば……結果はこの通り。

全ての能力が一回り高い相手に力負けとなったわけである。

「見事だったぞ。ここまでよく粘ったな少年。だが諦（あきら）めろ、超越者（イクシード）と超人（Sランク）の力の差は明白だ」

ラインハルトに剣を振りかぶる。

「すまんな……」

そう呟(つぶや)いた。

そんなウラドに対し、なんとか体を起こしたばかりのラインハルトは。

「ああ……諦めたよ」

ウラドがトドメの剣を振り下ろそうとしたその時。

「……俺がお前を倒すことを諦めた」

ラインハルトはそう言って手をウラドの右後方にかざした。

「『利益と対価』、スピードアップ!!」

次の瞬間。

「おおおおおおおおおおおおおおおお!!」

現れたのはハロルドだった。

その手には光り輝くヤマトの剣。

『固有スキル』の強化によって上がったスピードでウラドに向かって走っていく。

「なっ⁉」

完全に不意を突かれ、さすがのウラドも回避(かいひ)ができなかった。

グサリ‼

と、ハロルドの持つヤマトの剣が深々とウラドの胸に突き刺(さ)さった。

第五話　アリスレート過去編　１１　呪(のろ)われし人形に

深々とウラドの胸に突き刺さったヤマトの剣。

「……バカな」

ウラドは口から血を流しながらそう言った。

「はあ……はあ……はっ、二対一で勝ったんじゃ、俺が強くなったとは言えねえよなあ」

ラインハルトは息を荒げながらそう言った。

「だが……俺『たち』の勝ちだぜ。格上」

ウラドは後退して胸に刺さったハロルドの持つ剣を引き抜(ぬ)く。

「……ぐふっ」

さらに大量の血を吐(は)き出すウラド。

「大丈夫(だいじょうぶ)か、ラインハルト!!」

ハロルドがこちらに駆(か)け寄ってくる。

「……ああ、まあ、ウラドのやつよりはマシではあるな」

ハロルドは懐から薬の入った瓶を取り出す。

「強力なポーションだ。一等騎士以上には常備が推奨されている」

「……感謝するぜ」

ラインハルトはもらったポーションを飲み干す。

全身の体力が少し回復、何よりありがたいのは魔力も回復したことである。

魔力が回復すれば自分の回復魔法でさらに体を回復させられる。

「よし……」

全快には程遠いが、立ち上がることはできるようになった。

ラインハルトはウラドの方を見る。

(殺せたなら吸血鬼は灰になって消滅するはず……ってことはあの一瞬で心臓を完全に破壊されるのだけはギリギリ躱したのか)

本当に恐るべき戦闘能力である。

だが致命傷なのは変わりない。

命のストックのない回復能力では、明らかに回復が追いついておらず、戦闘続行が困難なのは一目で分かる。

「……そうか、お前がここにやってこれたということは、ジェームズはしくじったか」

ウラドはふらつきながらもなんとか両足で立ってそう言った。

ハロルドが答える。

「そうだ!! 儀式の装置は破壊した。大人しくお縄につくんだな」

しかし。

「しかたない……成功率は下がるが俺が直接集約点で魔力を込めるとしよう」

そう言って装置のあったサブグランドに向かおうとする。

再生能力が追いつかず胸から夥しい血を流しながら。

ラインハルトは言う。

「おいおい待てよ。アンタの記憶にあった前に使った時と違って、今回は龍脈に直接打ち込んでエラー吐き出させるなんて無茶な使い方だぞ。媒介の装置を使わずにやったらいくらアンタでも死ぬぞ」

「……そうだな」

しかしウラドは当然だと頷いた。

「アンタ……なんでそこまで……」

その時……。

「あれは⁉」

ハロルドが闘技場の外壁の一部が崩れているところを見て声を上げた。

選手の控え室らしき場所が、壁が壊れて露出していた。

そして、そこには何人かの人間が固まって座っていたのである。

その中の一人を目にした途端、ハロルドは一目散に駆け寄った。

「エイダ‼」

反応からして行方不明だったハロルドの妻だろう。

「グールにはされてなかったんだな……」

よかったなハロルド。

とラインハルトが呟いた。

「ああ……お前の妻がその中にいたのか」

ウラドが四十代くらいの優しそうな女性のところに駆け寄ったハロルドを見る。

「エイダ‼　助けに来たぞ‼」

しかし……。

「…………ぁ」

ハロルドの妻、エイダは反応を返さない。

「……エイダ？」

その瞳は虚ろで全く焦点が合っていなかった。

「その者たちは、魔力的な資質が極端に低く生贄として捧げてもカウントされない可能性があった者たちだ。だからグールにしなかった」

ウラドが言う。

「……だが代わりに『コメットストライク』の術式を調整する人体触媒として利用させてもらった」

「!!」

目を見開くラインハルト。

人体でそんなことをやったらどんなことになるのか……魔法の知識がある程度あるものなら誰でも分かる。

「彼女たちはそのせいで壊れてしまったわけだな。ハロルドと言ったか……残念ながら彼女はお前との記憶も消し飛んでいるし、もうまともに会話をすることもできない」

「……エイダ」

ハロルドは廃人になった妻の元に膝をついて項垂れる。

「大切な人の中から自分が失われる痛みか……考えてみればワタシと同じだな……」

同情なのか……それとも、自分と同じ痛みをお前たちも知るがいいという思いなのか……ウラドはハロルドとその妻の方をじっと見つめてそう言った。

だが。

膝をついて下を向いたハロルドが言った言葉は。

「……よかった、生きていてくれて」

そんな心からの安堵の言葉であった。

「俺との思い出を忘れているとか……もうまともに話せないとか……今はそんなことはどうでもいい……そんなことはあとでどうにかする方法を探せばいい」

ハロルドは妻の手を取る。

「生きていてくれてよかった……それだけで……十分だ……!!」

そう言ってハロルドは妻を抱きしめた。

もちろん、妻の方は涙を流したりはしない。

だがそれでもいい、ハロルドは目に涙を浮かべて心の底から妻の無事を喜んでいた。

「……」

ウラドはハロルドの姿に複雑な表情を見せる。

（……生きていてくれたら十分、か）

ラインハルトはウラドに言う。

「なあ、アンタもさ。ハロルドみたいな考えでよかったんじゃねえか？」

「……」

「アリスレートは毎回楽しい記憶を失って苦しむ。アンタとの思い出も忘れちまう……それでも『生きていてくれるならそれだけで十分だ』ってよ」

まさにハロルドが今、妻に対して言ったように。

もちろん無傷で平穏無事な方がいいに決まっている。でも人生はそんな風にばかり行かないから……それでも、だからこそ生きていてくれたなら……と。

もっと言えば。

今回のアリスレートは言葉が話せないのを見るとウラドは育てていないだろう。

それでも能力的に強いあの子は生きられる。彼女と関わるのが辛くなったのなら、何百年でも距離をおいて、また彼女に笑顔の思い出を作ってやりたくなったらまた関わる。

そんな付き合い方もあるはずなのだ。

「アリスレートの『祝福』って『呪い』はさ、もう仕方ねえことだからって……諦めて肩の力を抜いて生きてもよかったんじゃねえか？　俺はそんな風に思ったぞ」

「……」

ウラドはラインハルトの言葉を聞いてしばらく黙っていた。

しかし、やがて小さく息を吐いて言う。

「残念だが少年、ワタシにその生き方はできないな」

「なんでだよ……」

ラインハルトはウラドの記憶を見たので分かる。

やはりウラドは邪悪な吸血鬼などではない。命の大切さも人の悲しみも良く分かっている。かつて一緒に戦っていた時に感じた『人格者』というラインハルトの評価は、間違っていない。

他者の命を犠牲にしても何も思わない……なんてことはないはずなのだ。

ならばこそ、思い通りにはいかない現実を受け入れて生きることもできるはずなのに
……。

だが。

「ワタシは『彼女の悲しみを無くす』という目的で生み出されたからだ」

横になって眠るアリスレートの方を見てそう言った。

「最初に設定されたその目的ゆえに、この人が苦しみ続けるのを見過ごし続けることは絶対にできないのだ」

「……」

「お前の言う通りの生き方も考えたさ。だがダメだった。彼女のことを忘れようとしても、頭の中に彼女の泣く声が鳴り響き続ける……だからワタシにできる最後の手段は『悲しみを無くす』という設定を逆手にとって、あの人の存在を消してしまうことだけだった。たとえ多くの犠牲を出しても……『そういう風にできている』」

「……ウラド」

ラインハルトはようやくウラドという『真祖』の根本を理解した気がする。

この男は達成不可能な目標を設定された機械のようなものなのだ。

ひたすらに空回り続け、目的を達成できない痛みを味わい続けるだけの苦しみの永久機関。

だから、ラインハルトは。

「そうか……哀れだな」

心からそう言った。

ずっと前に尊敬の念を抱き、ついさっきまで格上の敵として自分よりも大きな存在だと思っていた相手に対して。

ホントの本当に同情をした。

「俺はさ……諦めの悪いことは、すげえことだと思ってたんだ。でも……そうだよな。そういうこともあるよな……」

誰もが戦友のヤマトのように、諦めの悪さだけで全てを突破し目的を達成できるわけじゃない。

決して叶わない目標を諦められずに、苦しみ続ける亡者は確かにいるのだ。

だから……死による救済が必要なのは……アリスレートの方ではなく。

「救ってやるよウラド」

ラインハルトはハロルドの方に歩み寄ると、地面に置かれたヤマトの剣を拾ってその切先をウラドに向けた。

「俺がお前を壊してやる。目的に呪われた哀れな人形」

「俺も協力するぞ」

そう言って、自分の剣を引き抜いてラインハルトの横に立つハロルド。

ショッキングな出来事を目にしたばかりだと言うのに、その気力は衰えない。

むしろ、妻の命の無事を知り、黒幕を目の前にしたことで一層闘気が増している。

……ああなんとも頼（たの）もしい味方である。

ラインハルトはウラドの方を改めて見て言う。

「聞くまでもねえと思うけどよ……どうするウラド？　さっきの一撃でアンタはほとんど瀕死（ひんし）だ。いくら『超越者（イクシード）』でも俺に心を読まれた上で二対一はきついだろ？」

「お前の言う通り聞かれるまでもないな……ここで止まれたら、ワタシはここまで来ていない」

ウラドは再び血を吐きフラつきながら戦う構えを取る。

明らかに疲弊（ひへい）している。むしろまだ生きていられるのが不思議なくらいの状態である。

それでも戦う。諦めて剣を下ろすことがこの男にはできない。

「だよな……」

ラインハルトは哀れみや同情や呆（あき）れ……そういう色々なものが籠（こも）ったため息を一つついた。

そして三人は駆け出す。

初めはレストロア領での誘拐事件の解決依頼だった。

それがこんな大きな事態になるとは思ってもいなかった。

だが、これで最後。

ラインハルト側からすれば瀕死の敵にトドメをさすだけ……そんな最後の攻防が始まった。

■■

アリスレートを捨てて『吸血鬼の谷』から離れたウラドは、半ば廃人のような状態で色々なところを彷徨った。

いくつも街を転々とし、時間があればどこでもいいから夢遊病者のような足取りで歩き回った。

自由になったはずだ。

アリスレートを捨てたことで解放されたはずなのだ。

だが。

んぎゃー!!　んぎゃー!!

と頭から離れないアリスレートの泣き声。

（……やめろ!!　静かにしてくれ!!）

いくらそう思っても泣き声は止まない。

そしてこれまで何万年と見てきたアリスレートの悲しげな表情が浮かんでくる。

忘れろ、忘れろ、忘れろ!!

もうお前はその役割を放棄したのだから!!

……だが、やはり「アリスレートの悲しみを拭い去る」という目的はウラドの根源なのだ。

ウラドは何十年もの間彷徨ったが、やはり片時も彼女を忘れることができない。

だが……彼女の悲しみを拭い去るのは不可能なのだ。

この星の『祝福』によるリセットが存在する限り。

「……もうダメだ……全てを消し去るしか……ワタシには」

そしてウラドは十二人の使徒たちを集め始めた。

十数年後に来る別の星の接近。その時に彼女ごと彼女の悲しみを消し去るために。

ウラドという壊れた人形に残された手段はそれしかなかった。

■■

最後の攻防。

（と言っても敵からすれば、これは瀕死の相手にトドメを刺す作業に近いだろうな……）

ウラドは地面を蹴って走りながらそんなことを思う。

命のストックがない状態で、吸血鬼最大の急所である心臓を突かれた事による大量出血と魔力の流出。

命を繋ぎ止めるためにほとんどの魔力を使用しているために、吸血鬼の特殊能力や魔法は使えない。

できることは、魔力を循環させて身体能力を向上させる基礎中の基礎である『身体強化』のみ。

対する相手は。

「固有スキル解除!!」

ラインハルトが自分にかけていたスピードアップの固有スキルを解除する。

そして。

「『利益と対価』‼　パワーアップ‼」

再び固有スキルにより強化。

だが、これまでと違うのは、強化したのは自分ではなく一緒に戦うハロルドの方であるということ。

先ほど不意打ちをする時にスピードもアップしているため、ハロルドは『利益』によってパワーとスピードが大幅に上昇した状態である。

そのため。

「おおっ‼」

ハロルドの速く重い打ち込みが、ウラドに襲いかかる。

ウラドは防ぎきれずにダメージを受ける。

ほとんど瀕死の状態とはいえ、本来なら一等騎士として中の上といったところのハロルドの攻撃をここまでまともに食らうことはない。

「ぐっ‼」

しかし、今のハロルドはスピードとパワーに関してはAランク最上位か、Sランクにか

がる。
だがもちろん、ラインハルトのスキルは自分や誰かの能力を上げれば、自分の能力が下
がる。
よって、今のウラドにとっては十分に厄介な敵である。
なり迫っているレベルまで上昇しているのだ。

つまり、全体としては敵の能力の合計値は変わらない。

しかし。

ラインハルトは自らの能力変化を感じ取ってそう言った。

「……下がったのは、魔力の最大量と、操作精度か。まあこの状況でベストは強化したハロルドに前衛張ってもらって、俺は後衛で補助だしな」

「じゃまあ、作戦変更で前衛二人。剣士タイプの戦闘スタイルでいくぜ!!」

そう言って、ラインハルトも前に飛び出しウラドに斬りかかる。

「ぐあっ!!」

ウラドはさらに捌ききれずに攻撃を受ける。

「……やはりそれが本来の使い方か」

「ああ、不服だけどな。俺の固有スキルはサポート要員向きなんだよ。他人の能力を強化したら自分の能力が下がるが、下がった能力を使わない連携の役割を担えばいいんだ」

例えば自分に使った場合では、敵を前衛で切り倒そうと思いパワーを上げたとする。しかし、そうすると下がるのは大体の場合、同じく前衛で活きる速度や敏捷性。あるいは身体強化の強さだったりする。

こうなってしまうと、総合的な能力は変わらない。

しかし、味方の能力を強化した場合は今回のように、下がった能力によって連携の作戦を変えればいいのだ。

もちろんベストな連携を捨てる事になるが、オールラウンダーのラインハルトは柔軟に合わせることができる。

よって実質的な二人の能力の合計は大きく向上するのである。

（……今更本領発揮ということか）

ウラドはラインハルトとハロルドの剣に次々に体を切り刻まれながら、なんとか反撃しようとする。

しかし、意外にもハロルドとラインハルトは二人の息が合っている。

おそらく連携して戦うのは初めてだろうが、両者とも秀才の剣。要は努力や経験によって培われたタイプの戦闘技術である。

同じタイプだからこそ相手のやりたいことが分かるのだろう。

よってウラドの反撃も、剣を振って隙ができた側をもう片方が守るという、絶妙なカバーのし合いで防がれてしまう。

……体力がここまで削れていなければ、魔法や血を使った攻撃でなんとでも対抗できただろう。それこそ好みではないが『超越者』の高い基礎能力に任せた力押しだっていい。

だが……今の瀕死の自分では……。

（……厳しそうだな……これは）

ウラドは頭ではそんな風に分かってしまう。

しかし、体は必死で剣を振る。

無意味だと分かっていても、無駄な足掻きだと分かっていても。

追い込まれていく。

剣を持つ右手がハロルドの剣によって切り飛ばされる。

すぐに残った左手で剣を拾って応戦する。

当然先ほどよりも力が入らず、さらに追い込まれていく。

再生できない右手を切り飛ばされた激痛の中で、思い出すのは最初のアリスレートの姿。

彼女はいつも悲しんでいた。

その悲しみを拭い去るために自分は生まれた。

彼女の口癖は「ごめんなさい」。

ウラドがアリスレートのために何かをすると、決まって申し訳なさそうにそう言ったのだ。

表情は笑顔でも、そこにはどこか申し訳なさそうな影があった。

そうじゃない。

ワタシはアナタに「ありがとう」と言って欲しい。

曇りない笑顔で。

アナタのおかげで、もう悲しくないよ……と。

そんな風に笑って欲しいのです。


(……ああ、結局。生まれた頃から何も成せていないな、ワタシは)


「おおおおおおお!!」

ラインハルトの渾身の力を込めた一振りが、ウラドの剣を弾いた。

それによってできた隙を、熟練戦闘者である二人は逃さない。

そしてついに。

グサリ!!

とラインハルトの剣とハロルドの剣が、ウラドの心臓を貫いた。

今度こそ文句なし。

完全に心臓を貫き壊した。

「ぐっ……ふっ……!!」

剣を引き抜かれよろめくウラド。

「……お前の勝ちだな……少年、いや、ラインハルト」

記憶にある若い姿と大きく変わり、老人と言って差し支えない姿に変わったかつての戦友に言う。

「いや、どう見ても俺だけの力じゃねえよ。でもまあ……そうだな、勝ちは勝ちでいいんだろうな」

勝利したと言うのに複雑な表情を浮かべるラインハルトを見て。

「ふっ……お前も難儀な性格をしているな」

ウラドはそう言って倒れたのだった。

□□

「……そちらも、終わったようだな」

低く肺まで響き渡るような声が闘技場に響いた。

現れたのはブロストンとミゼット。

ブロストンはラインハルトの方に歩み寄ると、その肩を叩いて言う。

「大殊勲だなラインハルトよ」

(……ああ)

地面に倒れながらその様子を見て、ウラドは理解する。

(『十二使徒』も破れたか……)

「吸血鬼の王よ……お前の集めた部下たちは想像以上に手強かったぞ」

そんなことを言うブロストン。

急拵えの人間も交ざっているとはいえ、Sランク級八人を二人で退けておきながら明らかに余裕を残していた。

「……お前らのような者が来るとはな……運が無いな」

ウラドがそう呟いた時。

「……ん？」

ラインハルトが正面に視線を向けた。

「アリスちゃん、目を覚ましたのか」

ウラドもそれを聞いてそちらの方を見る。

テクテクと赤い髪の可愛らしい少女がこちらに歩いてきた。

少し驚くウラド。

星の接近によって一時的に気を失うのはいつものことだったが、今回はだいぶ目覚めが早い。

何か原因があるのだろうか？　もしかしたら『祝福』を解除するヒントに……。

（……いや、もう関係ないかワタシには）

大量に流れ出す血液と共に全身の力が抜けていく。

目の前に広がるのは小さい星がポツポツと心許なく光るだけの暗い空。

随分と長く生きたが、この空が最後の景色か。

まあ……あれだけ関係のない人を巻き込んでおいて破滅すらできなかった自分のような出来損ないの人形にはふさわしいのかもしれない。

そんなことを思っていたら。

フワッ、と頭に柔らかい感触が触れた。

「……」

それが自分の元にしゃがみ込んだアリスレートの膝枕の感触だと気づくのには少しだけ時間がかかった。

そして。

ポタリ。

とウラドの頬に水滴が落ちてくる。

なんと、アリスレートがこちらの顔を覗き込んで涙を流していた。

「……なぜ？」

今のアリスレートはウラドのことなど知らないはずである。

だが、よく見ればアリスレートの表情は子供の無邪気なものではなく、どこか大人っぽい……まるで最初のアリスレートのような雰囲気を纏っている。

答えたのはブロストンだった。

「もしかすると、脳からは消えても体の奥底には記憶が残っているのかもしれんな。何十億年と蓄積した魔法の使い方はリセットされても残るように」

「……」

ウラドとしては信じられないことだったが、目の前でそれが起こっている。

つまり……この涙は、過去のアリスレートが自分のために流している涙ということだろう。

だとすれば。

「やめてください……その涙にワタシは値しません……」

ウラドはもう満足に動かすことのできない血の滴る口を必死に動かして言う。

「アナタの悲しみを拭い去る役割に耐えきれず……アナタを滅ぼすことで逃げ出そうとした……そんな無価値なガラクタなのです……」

本当に出来損ないだ。

悲しみを拭い去ることを目的に作られたのに、最後まで逆に彼女を悲しませることになるなんて。

しかし。

「ありがとう……ウラド」

アリスレートはそう言った。

「アナタのおかげで幸せだったよ」

涙は流れているが……晴れやかな笑顔で。

（……ああ）

先ほどオークが言ったことだ。

忘れてしまっていても……魔法の使い方のように、もしも自分の作ってきた楽しい思い出がアリスレートの奥底に少しでも残っているのだとしたら……。

「……感無量です」

ウラドの瞳からもじわりと涙が滲む。

「……このガラクタの生に……意味があったと……今、思えました」

ウラドの体が灰となって消え始める。

吸血鬼の最後。

生命を完全に喪失した証。

その時。

夜空に長く尾を引く眩しい流れ星が現れた。

暗い空に美しい線を描く、この星とは違う別の星。

それは暗闇を歩き続けた者の命の最後に、できる限りの華を添えるかのようで……。

そういえば、自分が生まれた日もこんな夜空だったと最初のアリスレートから聞いていた。

アリスレートの小さい手がウラドの頭を撫でる。

「おやすみなさい」

そして、赤子に囁くような声でそう言った。

「……はい、アナタのお側ならば……安心できます……」

張り詰めていたウラドの表情が柔らかくなり、ゆっくりと目を閉じた。

「いずれアナタの未来にも、幸福な最後が訪れることを……心から祈ります……おやすみなさい……お母さん……」

最後の最後。

瞼の裏に浮かんだのは、短くも暖かい時間を過ごした少女……ミナの姿だった。

ミナは何も言わずこちらの方に手を差し出して微笑む。

ウラドも何も言わずその手を取る。

彼女に手を引かれ向かう先には暖かな光の中でこちらを待つ『吸血鬼の谷』で共に過ごした者たち。

『真祖』ウラド・ノスフェラトゥは、そんな夢を見ながら全身が灰になって消失したのだった。

第六話　アリスレート過去編　エピローグ

その後の顚末はそれほど悪いものにはならなかった。

レストロア領全域に放たれるはずだった大量のグールは、ブロストンとミゼットによってその主人たる吸血鬼が倒されたため機能を停止。

住民からは誰一人被害を出さずに済んだのである。

それから、兄の凶刃に倒れた領主のクロムだったが……。

「おとうさまぁ!!」

「……心配かけてすまなかったね、ミーア」

ベッドの上で横になるクロムに、娘のミーアが泣きながら抱きつく。

ラインハルトの応急処置もあり、なんとか一命をとりとめたのである。

といってもかなりの重傷で時間も経っていたため、ラインハルトの応急処置があっても助かるかどうかは微妙なところだった。

だが幸いなことに。

「まさかこんなに早く自分の夫の生死がかかったオペをすることになるなんてね」

そう笑ったのはミーアを三十代くらいの見た目にして、凛とした雰囲気を足したような女性だった。

アリシエイト・レストロア。

クロムの妻であり『王国』でも有数の医師でもある彼女の手によって、クロムは助かったのである。

彼女の専門は回復魔法に頼らない外科的な手術……つまりは、慢性的な病や時間の経ってしまった怪我といった回復魔法で治療できないものを取り扱っている。

つまりは今回のクロムを治療するにはぴったりの相手だったということだ。

「ありがとう……君には助けられてばかりだねアリシエイト」

「いいのよ。好きな仕事ばっかりして領主の妻の仕事全然しない私をアナタは受け入れてくれてるんだから」

そう言って朗らかに笑った。

「『オリハルコンフィスト』の皆さんにも、後で感謝状を送らなければですね」

クロムは愛娘の頭を撫でながらそう言ったのだった。

……そして、見事依頼を達成し、パーティの資金難を解消してビークハイル城に戻ったラインハルトたちだったが。

ドゴオオオオオオオン!!

と、屋根の一部が爆発して吹っ飛んだ。

「あーもう!!　またかよ……」

ラインハルトはブロストンとミゼットと一緒に頭を抱えながら爆音のした方に向かう。

そこではアリスレートが、今さっき自分で吹き抜けにして見えるようになった穴から、空を眺めていた。

「まったく、何度壊せば気が済むんだよアリスレート」

ラインハルトが呆れたようにそう言うと。

「……？」

よく分からないと言う感じで、アリスレートは首を傾げる。

ウラドの一件のあと、アリスレートをどうするかというところが問題になった。

なにせこの少女、言葉は通じないし気まぐれに強烈な魔法をぶっ放すわけである。

まあ、そんなわけで『オリハルコンフィスト』で引き取ることになったわけだ。

「もう、ここきて数年経つけど、あいかわらずやねえ」

さすがのミゼットも少し苦笑いする。

ブロストンは言う。

「……ふむ。ちゃんと言葉と意識しての魔力操作を覚えた方がいいかもしれんな……次はそうしよう」

「ん、次？」

ラインハルトがそう言うと。

「ああ、おそらくそろそろだろう」

ブロストンがそう言った時。

アリスレートはラインハルトの服を引っ張ってきた。

見ればその顔は熱でも出したかのように少し赤い。

そこでラインハルトは察した。

「……そうか、もうすぐ十四歳になるのか」

すなわち……リセット。

アリスレートはあと数ヶ月のうちに全ての記憶を失って、ゼロ歳の状態に戻る。

その数ヶ月は無情にも流れる。

ウラドの記憶で見た通り。

アリスレートは体調を崩し、言葉は話せないが親しくなった人たちとの記憶を忘れることを悲しむ。

ウラドほどではなかったがラインハルトも、見ていて心苦しくなるような様だった。

そしてリセットの日。

アリスレートの体をこの星の龍脈のエネルギーが包み込み、アリスレートはリセットされた。

「んぎゃーんぎゃー!!」

と泣きじゃくる赤子のアリスレートを、三人の中で唯一育児経験のあるラインハルトがあやす。

「あーほら、よしよーし」

育児なんて先に天寿を全うして死んだ娘と息子以来の二百年ぶりくらいである。

あやし方はこんな感じでよかったか？　と思いながらも記憶を引っ張り出してやってみる。

「……ふむ。確かにこれは、実際に見ると無効化するのに難儀したのも納得だな」

「せやね、ワイもちょっと無理臭い感じするわ」

リセット現象を見たブロストンとミゼットがそう言った。

実際のところ、ここ数ヶ月三人は黙って見ていたわけではない。

この星からの『祝福』を無効化する方法を探したのだ。ブロストンやミゼットと言った魔法のスペシャリストもいるし、ラインハルトも世界各地を回った経験がある。

しかし、そんな自分たちの知識を総動員しても、アリスレートのリセットを止める方法は思いつかなかった。

まあ、ウラドが何万年も模索しても最終的には「自壊作用で殺す」以外の選択肢に辿り着けなかったのだ。

そうそう簡単に見つかるものでもない。

……だがブロストンが言った。

「一つだけ方法があるな……我々全員が知っている方法が」

そう言われたミゼットとラインハルトは、すぐに言わんとしていることを察した。

「そうか、『アカシックレコード』か……」

ラインハルトは自分の書いた作品の最終章を思い浮かべる。

『英雄ヤマトの伝説』は、魔王を倒すまでがフィクションと史実を織り交ぜた伝記、そして魔王を倒してから『根源の螺旋』に挑むエピソードが完全な創作と言われている。

まあ、実際のところは完全にノンフィクションなわけだが……その最終章に登場する、究極のモンスター『カイザーアルサピエト』を倒した時にドロップするアイテムが、『アカシックレコード』である。

その効果は「あらゆる願いを叶える」というもの。

「なるほどな……確かにあれなら……」

ラインハルトはそう呟く。

「ええんやない？　どうせワイら叶えたい願いとかないし」

ミゼットはさらっとそう言った。

「そうだな……もう彼女は我々の仲間だ。せっかくの願いを叶える権利、仲間のために使うのがよかろう」

ブロストンも頷く。

二人はラインハルトの腕に抱かれるアリスレートの方を見る。

するとアリスレートは一瞬だけ泣き止み、ニコリ……と笑った。

「そうか……」

ラインハルトはそんな三人の様子を見て一つ頷く。

「よし……じゃあ、俺のやることはここまでだな」

三人もいれば立派なパーティである。

ラインハルトはブロストンにアリスレートを預ける。

「そうか……世話になったな」

ブロストンがそう言った。

ラインハルトは三人に背を向けると、ビークハイル城の出口に向かって歩いて行く。

「『この時代の冒険は、この時代の冒険者のためにある』……道中楽しめよ、三人とも」

「おおきに、たまには顔出しや」

ミゼットも背後からそう言ってくる。

ラインハルトはそんなミゼットに対して、背を向けて歩いたままサムズアップする。

そうしてビークハイル城から去っていった。

□□

そしてラインハルトが『オリハルコンフィスト』の集会場を去って、各地を転々としていたある日。

「どうも……ラインハルトさん『大陸会議』の者です」

シルクハットを被ってスーツを着込んだいかにも胡散臭そうな男が、その時ラインハルトが住処にしていた『帝国』の田舎町にある一軒家を尋ねてきた。

「……なんだよ？　また何か厄介ごとでも起きて俺に対応させるつもりか？　今新作のアイディアが出なくて、行き詰まってるところなんだが」

「ああ、いえいえ今回はそういう話ではなくてですね。今回は報告させていただくことができましたので」

「報告？」

「ラインハルトさん。『大陸会議』によってアナタが『超越者』第十位に認定されました」

「……はあ!?」

急にそんなことを言われて驚くラインハルト。

「いや、なんでだよ。別に俺は強くなったりしてねえぞ」

全く戦闘技術などが伸びないわけではないが『固有スキル』の影響で肉体が成長しないのは相変わらずである。老化と合わせれば実力は停滞していると見るのが妥当だ。

シルクハットの男はこちらの反応は気にせずマイペースに言う。

「数年前に第九位の『真祖』ウラド・ノスフェラトゥを倒したところと、その空きを埋めるほどの実力者が見つかっていないこと、それから長年の経験値などが選定理由ですかね。ともかく、前から『グランドリスト』入りは望んでいたことだったみたいですし、末席ではありますが、おめでとうございます」

「……そうか、俺が『超越者』か」

ずっと望んでいたことではあった。

ラインハルト以外の『伝説の五人』は、旅の終盤で行った修行によって『超越者』の領域に到達し『グランドリスト』にその名を連ねている。

自分だけはSランク最上位の実力止まり。

それが悔しかった……まさか今になってこんな形で叶うとは。

(もっと喜べるかと思ってたんだが……いやまあ実力がSランク最上位止まりなのは変わらねえからかもしれねえけど)

ただまあ。

複雑な心境だが……少しは「あいつら」に近づけた、と自惚れるのもアリかもしれない。

と、そんな風に思う。

「では用件は伝えましたのでワタクシはこの辺で」

シルクハットの男が一礼すると、強い風が吹いた。

そして風が止むと、シルクハットの男の姿はその場からなくなっていた。

「……相変わらず仕組みの分からねえ技術だなあ」

ラインハルトはそう呟いて家の中に戻る。

机の上には真っ白な紙。

新作のアイディアをまとめようと思ったのだが、いい加減色々とシリーズを出してきたため何を書こうか浮かんでこなかった。

「……」

ラインハルトは椅子(いす)を引いて、ペンを手に取る。

そして少し考えた後に、思いついた新作のタイトル案を紙に書き出した。

『ラインハルト脇役(わきやく)伝～ヤマトの親友の長い道のり～』

この作品はラインハルトを主人公にした作品としては初の重版を達成し、他のシリーズと比べれば売り上げはパッとしないが、細々と連載(れんさい)を続けるシリーズとなったのだった。

第七話　招待状

（……懐かしい思い出だな）

ラインハルトはビークハイル城の一室で、執筆をしていた。

書いているのは連載中のシリーズの最終章であった。

それなりに長く連載の続いたシリーズだが、いよいよ物語も終盤。

一から自分が作り上げた物語が、完成していく様は嬉しくもあり寂しくもある。

そんな気持ちを抱えながら紙に物語を書いていく。

「そろそろリックが『エクステンションスペース』に籠って二ヶ月くらいか」

ラインハルトはそんなことを呟く。

『六宝玉』関連で「自分たちの時代」の何かが裏に潜んでいると感じたラインハルトは、パーティに再合流することにした。

そのため、ここ二ヶ月はビークハイル城に拠点を移していた。

驚いたことは、その間本当にアリスレートは『エクステンションスペース』の維持のためにその前から動かなかったことである。

あの気分屋のじゃじゃ馬娘が成長したものだと、心底感心した。

（……だがまあ、そろそろ）

ちょうどその時。

「お？」

ラインハルトの魔力察知感覚がそれを捉えた。

この二ヶ月間、ビークハイル城全体に漂っていた魔力的な歪みが消えたのである。

それが意味するところは、空間魔法の解除。

「……終わったのか」

ラインハルトは執筆を中断して部屋を出て、地下に続く階段を降りる。

そして、地下室の扉を開けると。

「あ、めちゃくちゃ久しぶりですね。ラインハルトさん」

机に座ってリーネット特製ブルーベリーパイを齧っているリックがそこにいた。

「俺はせいぜい二ヶ月くらいだけどな」

ラインハルトはそう言って笑う。

リックの隣には一緒に座ってブルーベリーパイを齧るアリスレート。

さらには給仕をするリーネット。

そしてブロストン、ミゼットもソファーに腰掛けていた。

所用があって別の場所に行っているゲオルグを除けば、『オリハルコンフィスト』勢揃いである。

「……んで、修行の方は上手く行ったのか？」

ラインハルトがリックに尋ねる。

するとリックは微妙な表情を浮かべて言う。

「うーん、どうでしょう……実際に戦ってみないとどうにも……ただ、これは役に立ちましたかね」

そう言って一冊古い本を見せる。

確か『エクステンションスペース』の中に持っていった荷物にあったはずである。

ラインハルトはその本の表紙に書かれている文字を見て、なるほど、これはリックが身につけたのなら面白そうだ。

と思った。

「じゃあ、次はどうするかだな。もう少ししたら『六宝玉』の共鳴現象も使えるんだよな？」

もうすぐ前の共鳴現象を利用してから百日経つ。

「確定ではないですが、残る二つの在処は分かってるんですよラインハルトさん」

そう言ったのはリックだった。

「黒の『六宝玉』は世界最大の犯罪組織『ブラックカース』に、そして白の『六宝玉』は王国騎士団、それか『王国』の王室が持ってます」

「マジかよ」

それはまた厄介な相手のところにあるな……とラインハルトは驚いた。

リックは苦笑いしながら言う。

「まあ、おそらくは……ですけどね。ただ騎士団の方は確度が高いと思います。実際に『白貴』を目の前で持っていかれましたし、あの男が誰かから奪われるとは考えにくい」

真剣な表情になってそう言ったリック。

「しかし、そうなると『白貴』のほうは王室絡みになるな……それなりに根回しも必要だからまずは狙うとしたら、黒の方か？」

それに対し、口を開いたのはブロストンだった。

「おそらくだが……それほどまどろっこしいことをする必要はなくなりそうだぞ？」

「どういうことだ？」

ブロストンは先ほどから読んでいた一枚の紙をテーブルの上に置く。

「この便箋……王室からのものじゃねえか」

マルストピア王家のエンブレムが押し印された質のいい紙で作られた便箋。

そこに書かれていたのは。


『大陸最強を誇る『オリハルコンフィスト』の方々。我ら王室の持つ宝と君たちの持つ宝について、是非とも尋常なる決闘によってその所有権を決定したい』


「「なっ⁉」」

ラインハルトとリックは思わず声を上げた。

「ブロストンさん……これは」

「まあ決闘のお誘いというやつだな。正確な日程はまだ決まっていないようで追って連絡を寄越すそうだ」

ラインハルトは便箋に書かれた内容を見る。

そして、さらなる驚きの内容に目を見開いた。

「……おいこれ、王室のやつら『残る一つの『六宝玉』を持つ者たちも招待する予定』っ

て書いてあるぞ」

□□

大陸には一般人(いっぱんじん)では近寄ることのできない場所がいくつかある。

近寄れないというのは、例えば王族のみが立ち入れる王都内の区画『楽園』のように、規制されていて立ち入れないというわけではなく、物理的に一般人が近づくことが困難というものである。

つまりは四方を毒の森に囲まれた『吸血鬼の谷』のように、近づけば命の危機があるということだ。


その一つが『帝国』にある世界最高峰(さいこうほう)『天山(シャンティー)』である。登頂が最も困難とされているのは強力なモンスターが頻繁(ひんぱん)に出現するエスカリット山脈だがそれはあくまで『登頂ができる山』での話。

こちらはそもそも『帝国』政府が登頂を許可してないのである。

その理由は至極(しごく)単純で、あまりにも高すぎるからである。

標高８８５０ｍ。

特に標高８０００ｍから先は、平均気温マイナス三十五度、酸素濃度は平地の三分の一にもなり、風速３２０ｋｍを超える突風が吹き荒れるまさに死のエリアである。

常人ではどれだけ装備を整えても数時間しか活動できない場所。

そんな場所の岩盤に空いた横穴の中に作られた空間が、世界最大の犯罪組織『ブラックカース』のアジトであった。

あまりにも豪胆というかなんというか。

特にトップである『龍使い』はこの場所を気に入っており、この場所で研究をしていた。

今はちょうど幹部たちを集めての定例会を開くところであった。

「……その前に、この文献を読み切ってしまいたいな」

世界の全てを冷静に観察するかのような瞳を持った白い髪の青年、『龍使い』はアジトの中に作られた自室とも言える場所でそんなことを呟いた。

その時。

「『龍使い』様」

一人の男が、部屋の中に入ってきた。

振り向かなくても声の主の正体は分かる。

なにせ、物理的にここにやってこれるのは最強の十人『アビズナンバー』の連中のみ。

その中で、自分のことを様付けで呼ぶような殊勝なやつは一人しかいない。

「アハバーか……」

アハバーと呼ばれたのは見た目は二十代の女であった。

美麗に整った容姿と、思わず生唾を飲み込むようなスタイルの良さ。だが決定的な特徴は全身の肌や髪、目の色に至るまで血のように赤い色をしているということだろう。

該当するような種族が見当たらない、色以外の特徴で言えば人間族で間違いないはずなのだが。

さらに全身から立ち上る高密度の魔力。間違いなく超人域に至っている者である。

そんな異端の容姿をした女に話しかけられた『龍使い』は。

「会を始めるまでは時間がある。俺が読書を邪魔されることを何より嫌うのは知っているはずだが？」

表情は変えず、視線も本に向けたままそう答える。

それだけで周囲の空気が張り詰めた。

無論、『龍使い』はこの程度のことで腹を立てるような程度の低い人間ではない。

しかし、超人域に至っているこの女とて目の前にいる男がその気になれば確実に殺されるだろうし、この男はそれを躊躇するような感性を持ち合わせていないのも知っている。

だが、そんな状況でありながらむしろ女は恍惚とした表情を浮かべる。

「……ああ、いいですわ。アナタの機嫌を損ねて殺されるのは望むところですわ」

そんなことを言いつつ、自分の股間を弄るアハバー。

『龍使い』はそんな女の奇行は見慣れたものだと、気にも止めずに尋ねる。

「それで……なにか起こったのか？」

この変態女は、変態だが何かと気を配れる女である。

滅多なことでは『龍使い』の読書の時間に声をかけるようなことをしない。

つまりまあ、そういうことが起こったというわけだろう。

「ええ、監視用使い魔からの情報が入りました」

アハバーは股間を弄る手を止めて、真剣な表情になって言う。

「特等騎士の第一席がこちらに向かっているとのことですわ」

「……なるほどな」

『龍使い』は本を読む手を止めて立ち上がった。

「幹部連中には無駄(むだ)だから手を出すなと伝えておけ」

□□

死のエリアを一人の少年が歩いていた。

それだけで完全なる異常事態である。

『天山』の標高８０００ｍ以上の、人間の生存を許さないはずのエリアをなんの装備もなく。

悠々(ゆうゆう)と。まるで歩き慣れた近所の道でも歩くかのように。

風速３００ｋｍを上回る吹雪(ふぶき)も、氷点下三十度以下の冷気も、三分の一以下の酸素濃度も……その少年の前ではなんの脅威(きょうい)にもなっていなかった。

マスルトピア王家、第二王子。

特等騎士第一席。

ミハエル・アーサー・マルストピアは、岩盤に空いた横穴に入っていく。

「お邪魔しまーす」

中に入ると出迎(でむか)えたのは暖かい空気。

何かの魔法で穴の中の空間は気温を暖かく保っているようである。

そして。

「そんな友達の家の玄関上がるみたいにここ入ってきたやつはお前が初めてだぞ」

同時に注がれる空間をビリビリと鳴動させるほどの殺気。

『ブラックカース』最高幹部、『アビスナンバー』たち。

彼らは例外なく超特級の犯罪者である。

不敬、略奪、愛憎、虐殺、姦淫、強盗、詐欺、不貞、強欲。

種類は様々だが、全員がその分野において歴史に名を残すレベルの悪事を働いている。

中には本当に国一つの人間全員を虐殺した者すらいるのだ。

そんな化け物たちの超高純度の悪意。常人ならそれだけでショック死しかねないそれを向けられて尚、ミハエルは平然としていた。

幹部の一人が言う。

「ここに生身でやってこれるやつはいても、魔力まで一切纏わずに平然としてる人間は初めて見たわ。どういう仕組みなのかしら？」

「別に？　普通に平然としていられるようにすればいいだけだよ」

ミハエルはそんな意味不明の理屈を口にする。

別に奇をてらって言っている様子はない。本当に本気で、普通にそうすればいいだけじゃないかと思ってるのだ。

「それで、君たちのトップに用事があるんだけど」

「まあ、そう言うなよ」

そう言ったのは幹部の一人。

男でありながらまるで高級娼婦のような色気をまとった、黒い肌をした美丈夫であった。

「ちょっと遊ぼうぜ、王子様よお」

幹部たちは『龍使い』から手を出すなと止められている。

だが、この大犯罪者たちはそんな命令を大人しく聞くような連中ではない。

男は口から粘液のようなものをミハエルに向かって放った。

濃度の違う黒い色が混じった粘液。

それはスライム系モンスターの最強種『カオススライム』の粘液だった。

発生数二十億分の一の超稀少個体にして、わずか数リットルでドラゴン十数体の動きを封じてしまえる悪魔じみた性能の粘液である。

なぜそんなものを人体から飛ばせるのか理由は不明だが、ここにいる幹部連中なら同じくらいの人外じみたことは全員できる。

そして、混沌の粘液はミハエルに襲い掛かり……。

なんとミハエルは粘液を素手で掴み取った。

「「「!?」」」

幹部たちが全員驚いて目を見開く。

なぜかミハエルが触れた瞬間、粘液が空中で凍結したかのように飛び散らずに固まってしまったのだ。

そしてミハエルは掴んだ粘液を投げ捨てる。

なぜか手にはくっつかずに、地面に落ちて初めてべちゃりとスライムらしく形が崩れ、強い粘性のある水溜まりと化した。

粘液は別に何かしらでその性質を無効化されたわけではなく、ミハエルに触れられているときだけ粘性や液体としての性質が働かなかったのである。

何より意味不明なのが、これらの現象を起こしておいてやはりミハエルからは微塵も魔力を感じないというところである。

幹部たちのような強者は当然、魔力の起こりを感知する能力も高いがそれでもミハエルからは「そもそも体に魔力が流れている気配」すら感じないのである。

全員がその異常性に息を飲んだ。

「あれ？　やるの？」

ミハエルがそう言った瞬間。

ゴオッ!!

と、先ほどまで幹部たち全員で放っていたものを遥かに上回る殺気が周囲を駆け巡った。

全員が一瞬で戦闘態勢に入る。

しかし。


「……分かってはいたが。大人しくできない連中だな」

『龍使い』が奥から姿を現したのである。

「たぶん用があるのは俺なんだろ？」

ミハエルはそれを聞いて殺気をおさめる。

一方殺気がおさまっても、幹部たちは緊張が解けず戦闘態勢を継続する。

「お前らも、いい加減おさめろ」

『龍使い』が呆れ半分にそう言ってようやく戦闘態勢を解く幹部たち。

「研究のために文献を読んでいた途中でな、早く用件を伝えてくれると助かる」

「ただの郵便配達だよ」

ミハエルはそう言うと、手に持っていた手紙を『龍使い』の方に放り投げる。

その手紙もどういう理屈か、まるで見えないレールの上でも滑っていくかのように空中を等速の直線運動で飛んでいく。

『龍使い』は二本の指でそれを挟んで止める。

「……」

中身を読む。

そこに書いてあったのは、『オリハルコンフィスト』に届いたものと同じ『我ら王室の持つ宝と君たちの持つ宝について、是非とも尋常なる決闘によってその所有権を決定したい』という内容。

そして。

「……ふっ、あの凡俗な国王が思い切ったことをする。いや、もしかすると誰かが唆したか？」

『龍使い』は口元を小さく吊り上げてそう言った。

「それで？　受けてくれるかい？」

ミハエルがそう言うと。

「『オリハルコンフィスト』の連中まで呼ぶとはな……いいのか？」

『龍使い』はそう言った後、ミハエルの方に視線を向けて言う。

「何がだい？」

「これだけの戦力のぶつかり合いだ。戦争みたいなものだぞ？」

「いいんじゃない？　面白そうだし」

さらっとそんなことを言うミハエル。

それに対し。

「まあ、俺も正直同意見だ。非常に興味深い」

『龍使い』も当然のようにそう答えた。

「だがまあ、まずは事実確認だな。実際に王族が『六宝玉』を持っているか確認するし、ちゃんと決闘とやらの準備もしているのか確かめなければならない」

「お堅いなあ。僕としては今すぐにでも君とやりあいたいんだけどなあ……強そうだし」

ミハエルがつまらなそうに、口を尖らせてそう言った。

「悪いが一応、これでも大組織のトップでな。やることはやる必要がある」

「仕方ないなあ。じゃあ、確かに渡したからね」

そう言って踵を返して出口に向かっていくミハエル。

こうして、敵の本拠地に堂々単身で乗り込んで手紙を渡すという前代未聞の事態は終わった。

……かに思ったが。

ミハエルがふと足を止める。

「ああ、でも……つまみ食いくらいはしてもいいよね？」

次の瞬間。

時間が飛んだのではないかと思うほどの高速の抜刀によって、ミハエルの剣が抜き放たれた。

そして『龍使い』に向けて剣を振る。

型そのものは王国式剣術、基礎三型『横薙ぎ』。

しかし、この男が放つそれがただの素振りで終わるはずがない。

起こったことを端的に話すなら、世界一高い山は世界一高い山ではなくなったということ。

『ブラックカース』のアジトの横穴真ん中あたりから山そのものがまるごと両断されたのである。

そこから上の700m分の山、質量を計算すれば膨大な数値になるであろうそれがズルズルと滑り落ちていく。

そんな地形すら一撃で塗り替える斬撃を食らった『龍使い』は……。

「へえ……」

『龍使い』が先ほどまでいた場所に緑色のドーム状の物体があった。

分厚くて堅い亀の甲羅のようなものである。一体どんな物質でどんな構造で作られればそんな頑丈さになるのか、山を軽々と両断する斬撃を受けても深さ5cmほどの傷が入っただけである。

そしてその物体がスウッとその輪郭が薄くなって消えると『龍使い』が現れた。

当然無傷。

相変わらず、世界の全てを冷たく観察するような目でその場に立っていた。

それを見てミハエルは楽しそうに笑う。

「……君、面白いね」

「お前もなかなか興味深い」

自分たちのリーダーである『龍使い』が攻撃されたにもかかわらず、幹部たちは特に怒る様子はなかった。

この組織にあまりそういう忠誠心のようなものはない。

誰も彼も、都合がいいから所属しているだけであり、トップが死んだなら自分がその席に座ることができるかもしれないと思うような連中である。

「うん……楽しみだね。この前出会った中年の人も多分来るだろうし、本当に楽しみだ」

ミハエルはそう言って、今度こそたった今山頂になったその場所から去っていった。

「……」

『龍使い』は吹き抜けになったことで見える夜空を見上げる。

「アイリのところに帰っておくか……」

そんなことを呟いたのだった。

特別編　事件の後

『オリハルコンフィスト』に招待状が届いたのと同じ頃。

ウラドの一件から十三年が経ったレストロア領に一人の男がやってきた。

「ふう……さすがにこの年になると長旅は疲れるな」

ハロルド・フレッチャー。

もう六十歳を過ぎ騎士団を定年しているため、筋肉も体重も少し落ち、髪の毛の白髪も増えた。服装も騎士団の制服ではなく私服である。

そんなハロルドは木製の車椅子を押していた。

「お前も疲れてはいないか？　エイダ」

「……」

車椅子に座った五十代の女は返事をせず、ただ虚ろな目で遠くを見つめている。

エイダ・フレッチャー。

ハロルドの妻であり、胡桃色のサラサラした髪が印象的な小柄で優しそうな女性である。

彼女も十三年前から見た目は歳をとった……が、あの時のままだった。

十三年前、ウラドたちによって『コメットストライク』の術式調整の触媒にされたせいで、記憶と自我を失って廃人になってしまったのだ。

しかし、ハロルドは反応の無い妻に話しかけて、その額から流れている汗をタオルで拭う。

「もうすぐ着くからな」

そう言って車椅子を押して再度進み始めるハロルド。

しばらく道を進むと、見えてきたのは少し懐かしいレストロア邸。

「相変わらず気品のある作りで好感が持てるな」

ハロルドはそんな感想を述べた。

実際、『王国』の貴族というのは傾向として露骨に豪華な屋敷を立てない。

古くからの貴族というのは、ワザワザそんなものを見せつけなくても自分たちが貴族であるという自負があるのだ。

一方『帝国』は実力主義により、成り上がりの金持ちが多いため住む家も自分の力と財を誇示するかのようなものが多い。

どちらが素晴らしいかは大いに意見が分かれるところだろうが、質実剛健、職人・武人気質のハロルドは断然前者の方が好ましいと感じる。

「さて」

ハロルドは門番に招待状を見せ通してもらうと、屋敷の今の主人の性格を表すかのように地味だが丁寧に手入れされた庭を進み、客間にやってくる。

「お待ちしていました」

ワザワザ立ち上がって挨拶をしてきてくれたのはミーア・アリシエイト・レストロア。

フワフワとしたブロンドの髪と柔らかそうな起伏のある体つきをした十八歳の少女である。髪や体つきと同じく表情も若くしてレストロア家の当主を務めているとは思えないくらい、穏やかで優しいものであった。

「お父様の葬儀以来ですかね。その節はお世話になりました」

そう言って上品な所作で頭を下げるミーア。

「いや、こちらこそ……それにしても、話は聞いていますよ。クロム氏のあとをついで立派に務め上げていると」

「いえいえ、そんな。まだまだですよ」

ミーアは首を横に振る。

「力不足で上手く行かないことばかりです……特に『オリハルコンフィスト』の人たちが

絡むと……ははは」

白目を向いて力なく笑うミーア。

どうやらだいぶあのメチャクチャ軍団に手を焼いているようである。

そんな若き当主に同情しつつも、ハロルドは本題に入る。

「それで、招待状に書かれていた件は……」

「はい。お父様の頃から研究してようやく完成しました」

ミーアがそういうと、隣に立っていた執事が薬の入った小瓶を手渡す。

ハロルドはそれを手にとってマジマジと……少し信じられないようなものを見る目で見つめる。

「これが……」

「はい、触媒にされた人間の治療薬です。もちろん症例が少ないので絶対の保証はできかねますが、よければ奥様に使ってください」

「感謝します」

「これも、ハロルドさんが見つけてきてくれた『真祖』の研究記録のおかげですよ」

「……ああいや、あれは俺が発見したというよりはなあ」

ハロルドは十三年前の当時のことを思い出す。

ウラドを倒したあと、妻を医療班にあずけて病院に入院させ、事件の後処理をしていた時のことだ。

ウラドがアジトに使っていたと思われる国境付近の森の中にある洞窟で、ハロルドは『グール化・触媒により廃人化した人間の治療法の研究』と書かれた書類を発見したのである。

発見したというかむしろ、どうぞ発見してくれと言わんばかりに机の上にこれ見よがしに置いてあった。ご丁寧に長期に保存が利くように浄化結界をかけてである。

(俺には中身はさっぱり分からなかったが……専門家に渡した時は驚いていたな。十年や二十年の研究成果ではない、と)

ラインハルトからウラドの過去の話を聞いたハロルドは思うのだ。

もしかしたら、ウラドは自分を止めて欲しかったのではないかと。

生まれた時に設定されてしまったプログラムによって、多くの人を犠牲にし、自らの大切な人も殺してしまおうとする自分を。

「……まあ迷惑極まりない犯罪者であることには変わりないがな」

ハロルドは薬の蓋を開けると、慣れた手つきで妻の口を優しく支えながら開いて少しずつ薬を流し込んだ。

「これで……いいのか?」

「はい。数日くらいで効果が現れるはずなので、来客用の部屋にお泊まりください。開発チームも経過を見たいとのことなので」

■■

ハロルドは夢を見ていた。

昔の夢……四十年以上前の夢だ。

十七歳で騎士団に入団してようやく仕事にも慣れてきた頃。

「ハロルド、お前は生真面目すぎるなあ」

直属の上司である二等騎士の男からそう言われた。

「我々は国の警察、軍事を司る騎士団員です。真面目に越したことはないと思いますが」

訓練校時代と変わらずの直立不動の姿勢でそう答える若き日のハロルド。

大半の人間は騎士団学校を卒業して少しすれば、そこまでピシッとした姿勢は取らなくなるものだが、このあたりからもハロルドの性格が滲み出ていた。

「女遊びも酒もギャンブルもせずに仕事仕事仕事。つまらんよ、全くつまらん男だよ君は」

「それが何か業務と関係あるのでしょうか？」

「もちろんあるとも、大いにあるともさ」

大袈裟な動作で手を広げる上司。

「それでは、国民の皆様が我々に『何を守ってほしいのか』分からない」

「……命や財産ではないのですか？」

「浅い、浅いよハロルドくん。彼らが守ってほしいのは『愛しい平和な日々』なのさ」

「平和な日々が尊いのはよく分かっているつもりですが」

「だから浅いよハロルドくん。まあ仕事しか価値観がない君には分かり難いかもねえ」

同情とからかいの混じった上司のその言葉に、ムッとした顔をするハロルド。

この上司、仕事は有能だがいつもヘラヘラとしていて真剣みに欠けるので、少し嫌いである。

本来なら適当な人間の話など適当に流すのだが、その時の言葉はどうしても引っかかった。

「んー、ああそうだ!!」

上司はパンと手を打った。

「よしよし、では直属の上司である俺が可愛い部下に愛しき日々のなんたるかを教えてあげようじゃないか」

そんな風に言われて連れてこられたのは、男女が数を合わせて出会いを求めて酒の席を設ける行事である。

「相手は美人が多いので有名な、『王国』中央支部のギルドの受付職員たちだぞ」とのことで、上司とその取り巻きの不良騎士どもは、確かにハロルドでも分かるほどの綺麗(きれい)どころを前に心底楽しそうにしていた。

（……くだらん。早く帰って睡眠(すいみん)を取り明日の仕事に備えたい）

ハロルドは心底そう思った。

自分は何をこんなところで血迷ったことをしているというのか。

そんなことを思い、一人アルコールの入っていない水を飲んでいたハロルド。

ふと、一人の女性に目が留まった。

他の綺麗どころの受付嬢(うけつけじょう)と違い、目を引くような美貌(びぼう)を持っているわけではないが、非常に優しそうで柔らかい表情の女性だった。

自分では発言したりはしないが、周りの様子を楽しそうに眺(なが)めながら朗(ほが)らかに笑っている。

「あの……アナタお名前をもう一度聞いてもよろしいでしょうか？」

気がついたら声をかけていた。

「え？　はい、エイダです。ハロルドさんですよね」

「はい」

「なんでしょうか？」

「ああいえ、あまりこういう席に顔を出したがるタイプには見えなかったので……俺と同じで」

「ふふ……そうですね。先ほどから不機嫌そうにしてましたものね」

図星を突かれて少し顔が熱くなる。

「なにか気になる御用でも？」

「いえ、その……早く寝ないと明日の訓練と仕事に支障をきたしてしまうなと。国民の皆様の血税で働いている俺が、それでは申し訳が立たない」

一日で生真面目そうなやつと分かると言われることの多いハロルドだが、想像以上にクソ真面目な答えに驚くエイダ。

しかし、ニコリと笑って。

「……素敵ですね。アナタのような立派な騎士さんに守っていただいて安心です」

そんなことを言ったのだ。

そして、会が終わり各自解散となると。

「……あの、エイダさん。今度一緒にお食事でもどうでしょうか？」

気がつけばハロルドは声をかけていた。

エイダは少し驚いて丸い目をもっと丸くしたが。

「ええ、喜んで」

そう言ってくれた。


そこからは、トントン拍子だった。

仕事の合間を縫って逢瀬を重ね、ハロルドが二等騎士に昇格したおりにプロポーズして結婚。彼女として妻として、エイダはいつも優しくハロルドを支えてくれた。

それまでは考えもしなかった暖かい日々。

（……ああそうか、これが）

上司の言っていた「愛しい日々」か。

大切な人との暖かな日々。

これこそがきっと、我々騎士が命をかけて守っているものなのだ。

今日もハロルドは仕事と訓練を終えて遅くに帰る。

エイダは必ず起きて待っている。暖かな料理を作って、何よりも暖かい笑顔で。

休日にはいつも、少し馬車で行ったところにあるひまわり畑を二人で散歩する。

「いつもありがとうエイダ。お前のおかげで俺は職務に集中できる」

「いいんですよ。頑張って皆んなを守ってくださいね。真面目で素敵な騎士さん」

そんな会話をしながら、ゆっくりと二人は並んで歩いて行くのだった。

……しかし。

急に隣を歩いていたエイダの身体がどろりと腐っていく。

「エイダ!!」

「……あ……な、た」

ハロルドが慌てて手を伸ばすが、触れただけでその体はボロボロと崩れて……。

■■

「エイダ!!」

バッと、ハロルドは目を覚ました。

「……夢か」

今いるのはレストロア邸の客室、そのベッドの上だ。

ハロルドは急いで隣を見る。

エイダが隣のベッドで静かな寝息を立てて寝ていた。

廃人状態ではあるが、もともと規則正しい生活リズムの人だったからか、寝る時間と起きる時間は大体一定していた。

「……もう五日間か」

ミーアは数日で効果は表れると言っていた。

だがまだその効果は表れない。

エイダはまだ虚ろな目で何も話せず、自分から動くことはできない状態である。

(もしかすると……効果がないのか？)

そんな風に思ってしまう。

十分にありえることである。なにせ症例が少ない。

理屈の上では効果があってもなぜか人によって効いたり効かなかったり……そんな話は薬の世界ではいくらでも聞く話だ。

「もしそうだとしたら……俺は……」

　ぐっと、ベッドのシーツを握りしめた。

□□

「……ひまわり畑ですか？」

「はい、レストロア侯爵。この近くにあると聞いたので妻と見に行こうかと。問題ないでしょうか？」

　翌朝。

　ハロルドはミーアに妻との外出の許可を取りに、領主の執務室に行った。

「もちろん構いません……護衛のものをつけましょうか？」

「いえ、それほど遠くはないですし、これでも引退してからも多少は鍛えていますから」

　そう言ってピンと背筋を伸ばして立つハロルド。

　確かに衰えたとはいえそこらの成人男性よりは屈強だし、何より魔力量も鍛えている。

「分かりました。では、携帯食は用意させますね」

「ありがたい」

頭を下げるハロルド。

「……」

ミーアは少し俯いて黙る。

「あの……ハロルドさん」

「はい」

「薬は効くはずです。ですから気を落とさずに」

「……はい。お心遣い感謝します」

□□

そして、レストロア邸を出て一時間半ほど車椅子を押して進むと。

「おお、なかなかだな」

ハロルドは感嘆の声を上げる。

よく夫婦で歩いていたひまわり畑に負けず劣らず、太陽に向かって咲き誇る黄色いひまわりが、何十ｍも並んでいる。

早速ハロルドは、車椅子を押してその中を進んでいく。

「見えるかエイダ、綺麗だな」

「……」

妻は返事をしない。

ただ、ここ十数年と同じく虚ろな目をして黙っているだけ。

「……っ」

不意に、ハロルドの目が熱くなった。

ボロボロと涙が溢れて地面を濡らす。

「エイダ……」

六十をすぎた男がなんと情けない。

衰えた。こんな軟弱な涙腺など現役の頃は持ち合わせていなかったというのに。

だが、どうしても思ってしまうのだ。

ずっとこのままだったら。

自分も妻も老い先長くない。

もし、どちらかの寿命が尽きても戻らなければ。

妻と最後に交わした言葉はなんだったろうか？

もう思い出せない。妻の声もどんなものだったか少し自信がなくなってきている。

「もう一度……もう一度、声を聞かせてくれ。もう一度、笑顔を見せてくれ……エイダ」

涙を流しながら願うようにそう言った言葉は、ただ虚しくひまわり畑と青空に響くばかり。

「……」

エイダは、愛しき妻は何の反応も示さない。

「……くっ、いつまで泣いているのだ。軟弱者が」

ハロルドは自分にそう言って涙を拭った。

何をこれしき。

「……変わらん。何も変わらんさ」

決意を持って言う。

「最後まで妻と共にいる、たとえこの先、最後まで意識が戻らんとしてもだ。エイダよ。聞いてくれ、俺はお前に心底惚れている」

そう言ってまた、車椅子を押してひまわり畑を進むのだ。

十三年前、恐ろしい力を持つ『真祖』と対峙したときに言ったのだ。

生きていてくれてよかった……と。

どんな状態でも、とにかく生きていてくれて……それだけで心底本当によかったと。

「そういえば、ここ最近はあっちのひまわり畑を散歩してなかったな。帰ったら行こう、毎日でもな」

「……綺麗ですね」

懐かしい声が聞こえた。

ハロルドは一瞬、目を見開いて固まってしまったが。

やがて。

「ああ、綺麗だ。本当に綺麗だな」

静かに、噛み締めるように、そう呟いたのだった。

あとがき

はい、というわけで第13巻でした。

皆さんお久しぶりです。岸馬きらくです。

ラインハルトが主人公のアリスレート過去編、楽しんでいただけましたでしょうか？

元々アリスレートというキャラを考えた時に書くことを決めていたエピソードなので、お見せすることができて非常に岸馬としては満足しています。

アニメ化も正式に発表され、部数も１００万部を超えて非常に快調と言っていい本作ですが、これも応援してくれる読者の皆様とアニメスタッフや編集さん荻野さんにＴｅａさんといった僕以外の力によるものが大きいです。

本当に感謝感謝の毎日です。

読者の皆様はもうすでに薄々勘づいているかもしれませんが、新米オッサン冒険者はかなり初期の段階からクライマックスへの道のりやそれに至る設定を考えて書いている作品です。

いよいよ最終決戦である『宝玉大戦』に向けて物語が進み始めました。

嬉しいような寂しいような……

ラストのシーンはもう決まっていて皆様に見せられる日を楽しみにしながら、ラストスパートを頑張って行こうと思います。

さて作品とはあまり関係ない私事ですが、このあとがきを書いている時はちょっと所用でブラジルのサンパウロに行っています。

日本は冬ですが、南半球なのでこちらは結構暑いです。半袖一枚で過ごせるくらいなので体がバグります。

あと何より困るのが、地球の反対側というだけあって時差が凄くて日本の取引先と打ち合わせの日程が立てにくいことですね。

十二時間も時差があるので今これを書いている時間がちょうど朝の10時くらいなのですが日本は22時です。

あまり海外には行ったことがないので、こっちは真っ暗なのに、話し相手の画面からは太陽の逆光が照っていたりして不思議な感覚になってしまいます。

ちょっと不満ばかりになりましたが、聞いていたよりも治安が良くて人も親切で、何より肉が凄く美味しくていいところですよサンパウロ。

何より何から何までキャッシュレス化が進んでいて、現金を持ち歩くのが苦手な岸馬にとってはメチャクチャありがたいです。コインランドリーですらクレジットカードで利用できますからね（それを『コイン』ランドリーと呼んでいいのかは分かりませんが）。

ちなみに、なんでブラジルに行ってるの？　と思った方もいるかもしれませんが、岸馬が準備している新作の取材みたいなものです。いずれ発表する事になったりするかもしれませんので、気になる方がいましたら岸馬のX（ツイッター）などフォローしておいていただければと思います。

URL　https://twitter.com/ej3lHqlQqk3WIsr

さて、そんなわけで。

アニメの着々とアニメの放送も近づいてきて、色々なアニメの情報が公開されていくのが楽しい今日この頃ですが、原作者としてお話を書き進めなくてはいけません。

次回14巻、鋭意制作中になります。

ぜひ、お楽しみに!!

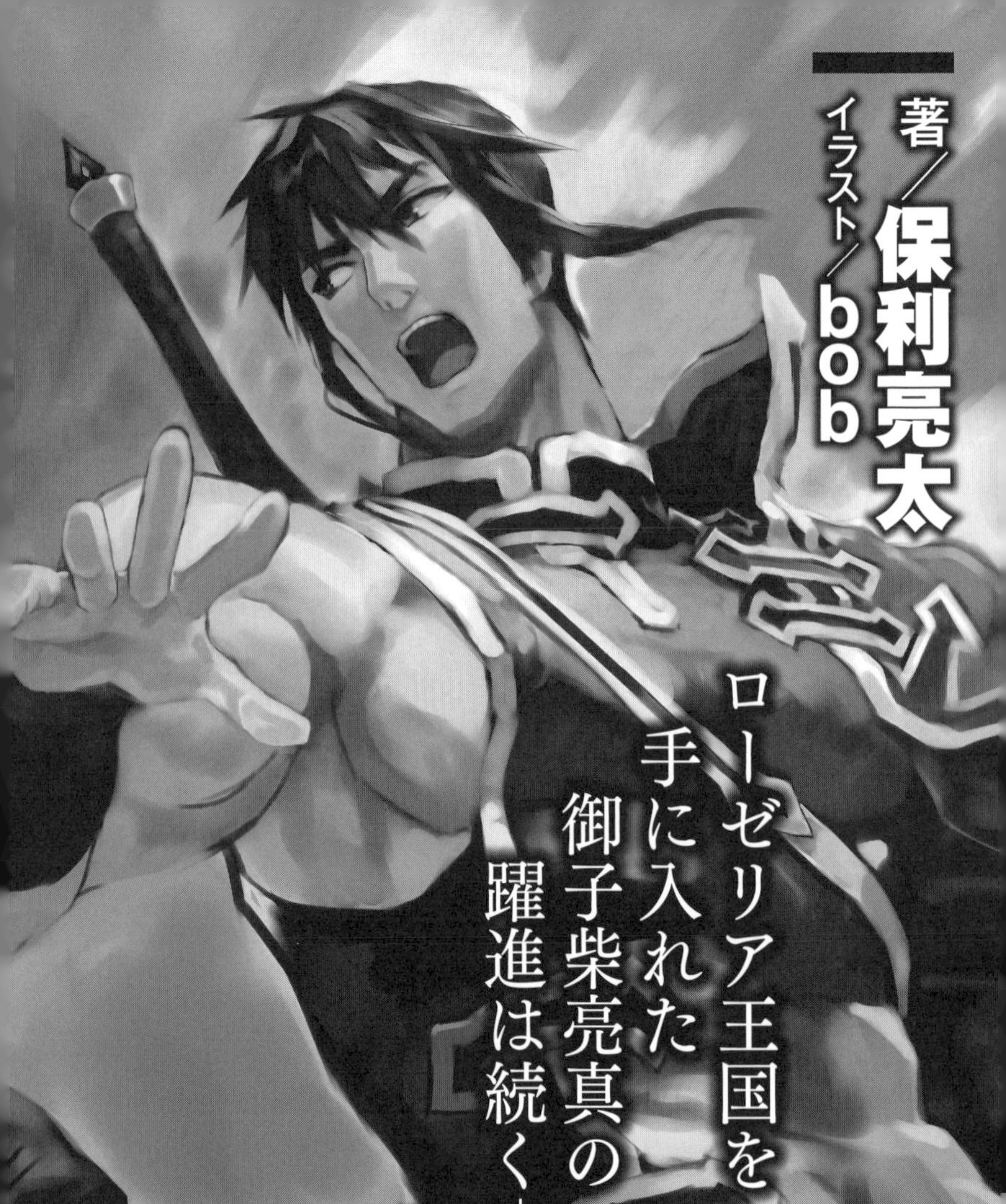

2024年春発売予定！

コミック版も好評連載中！
漫画：八木ゆかり
原作：保利亮太
キャラクター原案：bob
コミックス
⑪～⑩巻発売中!!
ファイアクロス公式サイト
firecross.jp
ウォルテニア戦記XXVII

コミカライズも連載中の
スナイパー英雄譚！
漫画：瀬菜モナコ
原作：かたなかじ　キャラクター原案：赤井てら
著／かたなかじ
イラスト／赤井てら
発売予定!!

魔眼と弾丸を使って
異世界をぶち抜く!
第19巻 2024年春

Anytime I can!
いつでも自宅に帰れる俺は、異世界で行商人をはじめました
霜月緋色 著
Hiro shimotsuki
ill. いわさきたかし
①～⑧巻 好評発売中!
⑨巻 2024年発売予定!

「小説家になろう」
四半期
第1位
異世界転生・転移
ファンタジー部門
（2019年8月19日時点）
いつでも自宅に帰れる俺は、異世界で行商人をはじめました
VOL.1
漫画 明地雫
原作 霜月緋色
コミック単行本
①〜④巻 好評販売中!!
漫画：明地雫
原作：霜月緋色
キャラクター原案：いわさきたかし

水車を使用するため、顔役と交渉をするハルだが、

そこで彼は運命の少女との出会いを果たす――!!

玉葱とクラ

詐欺師から始める成り上がり英雄譚

邪神の使徒たちの動きに
後手に回っていた冬夜たちだが、
ついに方舟の位置を捕えることに成功した。

フォンとともに。30

2024年春頃発売予定!

ここから反撃開始の
強襲作戦が
始動する――!!
異世界はスマート
冬原パトラ
illustration■兎塚エイジ

HJ NOVELS
HJN36-13

新米オッサン冒険者、最強パーティに死ぬほど鍛えられて無敵になる。13

2024年1月19日　初版発行

著者――岸馬きらく

発行者―松下大介

発行所―株式会社ホビージャパン

〒151-0053
東京都渋谷区代々木2-15-8
電話　03(5304)7604（編集）
　　　03(5304)9112（営業）

印刷所――大日本印刷株式会社

装丁――WIDE／株式会社エストール

Printed in Japan

ISBN978-4-7986-3390-9　C0076

ファンレター、作品のご感想お待ちしております

〒151－0053　東京都渋谷区代々木2－15－8
(株)ホビージャパン HJノベルス編集部 気付
岸馬きらく 先生／Tea 先生